SV

edition suhrkamp
theater

Ich liebe dieses Land
Auch wenn du nicht ihre Sprache sprichst: Sage ihnen, du liebst ihr Land, und sie werden dich mit offenen Armen empfangen. Mit dieser Hoffnung auf Gastfreundschaft und Verständnis flieht der junge Beni aus dem von politischen Unruhen erschütterten Nigeria. In Deutschland stößt der Asylsuchende auf Zurückweisung und Haß. Er klammert sich an diesen einen Satz: »Ich liebe dieses Land«. Aber die Menschen, die ihn im Abschiebegewahrsam aufsuchen, sind taub für sein Bemühen, die aus der Fremdheit aufsteigende Angst und Bedrohung zu überwinden.
Uraufführung: November 2001 am Berliner Ensemble; Regie: Philip Tiedemann.

Turrinis Figuren entlarven die großartigen Plädoyers für eine humane und offene Gesellschaft und geben sie der Lächerlichkeit preis – zum Vergnügen des Lesers und Zuschauers, dem das Lachen im Halse steckenbleibt.

Peter Turrini
geboren 1944 in St. Margarethen in Kärnten, wuchs in Maria Saal auf und war von 1963 bis 1971 in verschiedenen Berufen tätig. Seit 1971 lebt er als freier Schriftsteller in Wien und Retz. Mit seinem ersten Theaterstück »Rozznjogd« (Uraufführung 1971 am Wiener Volkstheater) wurde Turrini schlagartig bekannt. Seitdem hat der Autor zahlreiche Stücke (u. a. »Sauschlachten«, »Josef und Maria«, »Die Minderleister«, »Die Liebe in Madagaskar«), Gedichtbände, Drehbücher, Reden und Essays veröffentlicht. Turrinis Werke wurden in dreißig Sprachen übersetzt, seine Stücke werden weltweit gespielt.

Peter Turrini

Ich liebe dieses Land

Suhrkamp

edition suhrkamp 3412

Satz: Jung Crossmedia, Lahnau
Druck: Nomos Verlagsgesellschaft, Baden-Baden
Umschlag gestaltet nach einem Konzept
von Willy Fleckhaus: Rolf Staudt
Printed in Germany

1 2 3 4 5 6 – 06 05 04 03 02 01

Inhalt

Das Stück:

Ich liebe dieses Land 7

Übersetzungen der fremdsprachigen Textstellen 59

Materialien:

Brief an den Verleger 65
Brief an Claus Peymann 68
Erster Stückentwurf 70
Turrini und Kärnten 72
  Brief an den Bürgermeister von Maria Saal 72
  Brief an den Bürgermeister von Wolfsberg 74
  Brief an Jörg Haider 75
Interview mit Henryk M. Broder 77
Interview mit Brigitte Warenski 82
Silke Hassler
  Peter Turrini oder Die menschliche Tragödie als österreichische Komödie 84

Biographie/Bibliographie 97

Ich liebe dieses Land

Theaterstück in drei Akten

Personen:

Ein Flüchtling aus Nigeria, **Benjamin (Beni) Jaja,** 25 Jahre
Eine Putzfrau aus Polen, **Janina Wiśniewska,** 50 Jahre
Ein Wachebeamter im Abschiebegewahrsamsdienst (WAPO), **Uwe Völker,** 35 Jahre
Ein Arzt, **Dr. Armin Schlette,** 55 Jahre
Ein Polizeipsychologe, **Hans-Ulrich Waldner,** 36 Jahre
Ein Journalist, **Klaus Hamm,** 53 Jahre
Eine Fotografin, **Ines Ruthowski,** 26 Jahre
Ein Polizeipräsident, **Dr. Eugen Flimmer,** 48 Jahre
Seine Frau, **Rita Flimmer,** 37 Jahre
Ein kleiner Mann, **Luigi Lattermann,** 51 Jahre
Ein Mann mit Goldrandbrille, **Edmund Stauber,** 45 Jahre
Ein Justizwachtmeister im Strafvollzugsgefängnis
Ein mobiles Einsatzkommando der Polizei (MEK)

Ort der Handlung:

1. Akt: Ein Häftlingszimmer im Abschiebegewahrsam
2. Akt: Die Wohnung der polnischen Putzfrau Janina Wiśniewska in Neu-Spandau
3. Akt: Eine Zelle im Strafvollzugsgefängnis

1. Akt

Ein Häftlingszimmer im Abschiebegewahrsam, ein nüchterner Raum: eine Bank, ein Stuhl, kein Fenster. Der Raum wird von einer Glühbirne beleuchtet, mit schwachem Licht. Auf der Bank sitzt ein Schwarzer: ein junger Mann, er ist groß und schlank. Er hat ein kariertes Hemd und Jeans an. Seine Hände sind mit Handschellen gefesselt. Die Handschellen sind mit einer dünnen Kette an die Heizungsrohre gekettet. Der Schwarze dämmert im Halbdunkel vor sich hin. Stille. Eine ältere Putzfrau öffnet die Türe und tritt ins Zimmer, die Türe war offensichtlich nicht abgesperrt. Die Putzfrau betätigt einen Drehschalter neben der Türe, das Licht wird greller. Der Schwarze schreckt auf und wird unruhig. Die Putzfrau trägt übergroße Gummihandschuhe über ihren Händen und ihren Unterarmen. Sie bringt Putzutensilien in den Raum und beginnt zu putzen. Sie beobachtet den Schwarzen. Der Schwarze weicht ihrem Blick aus. Langes Schweigen. Die Putzfrau kommt dem Schwarzen mit ihren Putzutensilien langsam näher. Sie bleibt vor ihm stehen und schaut ihn an. Sie nimmt ein Putzmittel aus ihrem Plastikkübel und hält es dem Schwarzen hin. Schweigen.

Die Putzfrau *mit polnischem Akzent:* Meister Proper ist jetzt bei Aldi dreißig Pfennig weniger.

Der Schwarze *vorsichtig:* Ich liebe dieses Land.

Die Putzfrau Deutschland sehr gut. Meister Proper Zitrusfrische. *Sie zeigt ihm einige Putzmittel.* Pirol Allzweckreiniger von Schlecker. General Antibakteriell bei Rossmann. Eine Liter Flasche Demark 1,59. Casa-Blanca von Drospa. Domestos. Atagel. Frosch ...

Sie lächelt ihn an.

Der Schwarze *ruhiger:* Ich liebe dieses Land.

Die Putzfrau Deutschland Mehrzahl, alles gut, Polen Einzahl, nix gut. Schauen Sie, es hat gegeben in Polen nur ein Putzmittel, es hat geheißen Jawox, es hat gestunken wie WC in Abschiebegewahrsam. Strasznie! Fürchterlich!

Sie lacht. Schweigen.

Die Putzfrau Wenn ich Ihnen erzähle Geschichte von Ketchup, dann Sie verstehen mich. In Deutschland zehn, zwanzig Ketchup in Geschäft, so viel wollen. In Polen ein Ketchup, aber nicht in Geschäft, selber gemacht. Tomaten mit Gewirze kochen und in die Flaschen versenkt. Warten. Probieren. Bei Anfang alles war gut, aber mit vergehende Zeit ist Schimmel gekommen, erst eine Schimmel, dann viele mehr Schimmel, und auf dem Ende Ketchup war verloren. Polnischer Ketchup war verloren. Jesusmaria, und hat so gut geschmeckt bei Anfang. Frische Tomaten, Essig, Zwiebel, Ingwer, feines Gewirz, alles war hineingetan und bei Ende, alles war für nix. Man sagt, Jeszcze Polska nie zginęła, noch ist Polen nicht verloren, aber mit verschimmelte Ketchup, Polen war verloren. Traurig, aber wahr, wie wir sagen in Deutschland.

Sie seufzt.

Der Schwarze *mit einer Spur von Anteilnahme:* Ich liebe dieses Land.

Sie schaut ihn an und wartet, daß er weiterspricht. Schweigen.

Die Putzfrau No, weitersprechen, wird's bald. Tempo. Beeilung.

Der Schwarze schweigt.

Die Putzfrau Bitteschön, man muß deutsche Sprache sprechen in Deutschland, sonst geht einem Menschen wie polnischer Ketchup, man ist verloren ...

Sie hebt den Zeigefinger und schaut ihn sehr ernst an.

Der Schwarze *etwas verlegen:* Ich liebe dieses Land.

Sie hält sich die gummibehandschuhte Hand ans Herz.

Die Putzfrau Ist auch meinige Liebe. Deutschland, große Liebe. Bin ich geboren in Miłosna, was ist Niederschlesien. Eltern sind gekommen von Kołomyja, was ist Ukraina. Nach Ende von Krieg Deutsche aus Miłosna weg, wird's bald, Tempo, Beeilung, russische Polen von Kołomyja nach Miłosna. Vater Tomasz, Mutter Wiesława. Vater Tischler. Mutter Lehrer. Alle in Kolchose, PGR, Państwowe Gospodarstwo Rolne (1), Wohnung neben Schloß ... Hunger ... so viel Hunger ... *sie hält inne* ... hab ich verloren rote Faden ...

Schweigen. Sie denkt nach.

Der Schwarze *will ihr helfen:* Ich liebe dieses Land.

Die Putzfrau *greift sich an den Kopf.* Jesusmaria, die Liebe. Wie hab ich vergessen können Liebe zu Deutschland. Bin ich gewesen ein Kind, wird gewesen sein in Neunzehnhundertfünfundfünfzig, werd ich gewesen sein fünf Jahre, ist gekommen Miliz, hat aufgebrochen vermauerte Zimmer in Schloß, was ist gewesen Versteck von die Deutschen, Loch ist größer und größer geworden, ist herausgequollen Teppich, Porzellan, Bilder in echte Öl, Gold, Silber, hab ich gedacht, Deutschland muß sein Paradies. Jesusmaria, so viele Prächtigkeit ...

Sie schüttelt den Kopf und macht Laute des Entzückens.

Der Schwarze *lächelt ein wenig.* Ich liebe dieses Land.

Die Putzfrau Bin ich nach Deutschland gegangen in Neunzehnhunderteinundachtzig, was ist andere Geschichte, bin ich angekommen in Düsseldorf Bahnhof, hab ich gefunden Paradies? Hab ich gefunden Paradies?

Sie schaut ihn fragend an, wartet auf seine Antwort.

Die Putzfrau No? Hab ich gefunden Paradies?

Der Schwarze *verlegen:* Ich liebe dieses Land.

Die Putzfrau *ausrufend:* Ich hab gefunden Paradies! Ich hab gefunden Paradies! Schauen Sie, wenn Sie haben Fixanstellung bei Polizeidirektion Berlin, wenn Sie haben Urlaubsgeld, Weihnachtsgeld, wenn Sie sind in Krankenversicherung, AOK, was ist Allgemeine Ortskrankenkasse, niemand kann Sie vertreiben aus Paradies. Niemand kann mehr sagen, weg, wird's bald, Tempo, Beeilung. Deutschland ist Paradies. Niemcy to raj. Muß man gut deutsch sprechen in Deutschland, gut deutsch sprechen. Muß man. Soll ich Ihnen eine Übung geben in Deutsch?

Sie hält Meister Proper hoch und zeigt es ihm. Sie spricht jedes Wort ganz langsam aus.

Die Putzfrau Meister! Proper! Putzmittel!

Sie wartet auf seine Antwort. Der Schwarze schweigt.

Die Putzfrau Bitte sehr. Putzmittel!

Der Schwarze schweigt.

Die Putzfrau *verliert ein wenig die Geduld, wird laut:* Putzmittel! Putzmittel! Środek do czyszczenia! Środek do czyszczenia!

Ein Wachebeamter im Abschiebegewahrsamsdienst kommt in den Raum. Er dreht das Licht etwas zurück.

Der Wachebeamte *zur Putzfrau, lachend:* Tschüß, Putze. Weg. Wird's bald? Tempo! Beeilung!

Die Putzfrau *sammelt ihre Putzutensilien zusammen und schimpft vor sich hin:* Czy ty jesteś człowiekiem? Co z ciebie za człowiek? Zły z ciebie człowiek … (2)

Der Wachebeamte schaut zum Schwarzen, grinst und macht ein Zeichen, daß die Putzfrau verrückt sei. Die Putzfrau verschwindet. Ein Arzt im weißen Mantel kommt in den Raum. Er ist aufgeräumter Stimmung und pfeift eine Opernmelodie. Er stülpt sich mit besonderer Akribie einen Gummihandschuh über die rechte Hand.

Der Wachebeamte Das ist er. Kein Name. Keine Papiere. Keine Angaben. Hat bei seiner Verhaftung auf zwei Kollegen eingeschlagen, gilt als extrem gewalttätig.

Der Wachebeamte stellt den Stuhl in die Mitte des Raumes. Er geht zum Schwarzen und sperrt das Schloß der Kette, mit welcher der Schwarze an die Heizungsrohre gekettet ist, auf. Die Handschellen schließt er nicht auf. Der Schwarze wird unruhig, er beginnt zu zittern. Der Beamte führt ihn zum Stuhl. Der Arzt schmiert einen Finger seiner gummibehandschuhten Hand mit Vaseline ein.

Der Arzt *lachend:* Ich würde lieber drei Handschuhe für ein Arschloch nehmen als einen Handschuh für drei Arschlöcher. *Zum Wachebeamten:* Sie wissen, was einem Kollegen von mir passiert ist? Er wurde zu einer Analvisitation geholt und hatte in der Eile nur einen Handschuh mit, aber drei Arschlöcher zu untersuchen. Es waren Beamte anwesend, die fremdenfeindliche Witze über die Schwarzen machten. Wissen Sie, wer zur Verantwortung gezogen wurde? Nicht etwa Ihre rassistischen Kollegen. Nein. Nein. Den Arzt hat es erwischt. Er bekam ein Disziplinarverfahren, wegen Übertretung der Hygienevorschriften.

Der Beamte zieht dem Schwarzen die Hose und die Unterhose hinunter und drückt dessen Oberkörper über die Stuhllehne. Der Schwarze schaut mit dem Gesicht zum Publikum. Der Wachebeamte schlägt das Hemd des Schwarzen hoch. Der Schwarze zittert am ganzen Körper und versucht sich zu wehren. Der Wachebeamte hält ihn fest.

Der Wachebeamte Ruhig, Kumpel, ruhig.
Der Schwarze *voller Angst:* Ich liebe dieses Land.
Der Arzt Was sagt er?
Der Wachebeamte Er liebt dieses Land.
Der Arzt *lacht:* Ich nicht.

Er fährt dem Schwarzen mit dem gummibehandschuhten Finger in den After. Der Schwarze schreit auf.

Der Arzt Wenn mir im Urlaub eine Gruppe Deutscher entgegenkommt, gehe ich auf die andere Straßenseite. Ich wollte nie zu den Deutschen gehören, deutscher Faschismus und so. Als junger Mann habe ich mich mit Bräunungscreme eingeschmiert, sie hieß Tamloo, ich wollte wie ein Italiener oder wie ein Spanier aussehen. Ich wurde tatsächlich braun, an diversen Stellen, sah aus wie ein Flekkenteppich.

Er lacht. Sein Finger ist noch immer im After des Schwarzen. Der Schwarze zittert am ganzen Körper.

Der Arzt Später kamen Dragees auf den Markt, sogenannte Selbstbräuner. Man sollte davon aussehen wie Harry Belafonte. Meine Haut färbte sich orange, ich sah aus wie eine

Karotte. *Er lacht.* Keine Pute im Rohr, kein Koks im Arsch, alles clean.

Der Arzt zieht seinen Finger aus dem After des Schwarzen und schaut den herausgezogenen Finger an.

Der Arzt Es lebe die Hygiene. *Er greift mit der behandschuhten Hand in eine Tasche seines Arztmantels und holt einen Flachmann heraus. Er macht einen tiefen Schluck und lacht:* Ich kenne Afrika nur von hinten. Ein dunkler Kontinent.

Er eilt aus dem Zimmer. Der Schwarze versucht, seine Blöße zu bedecken, mit den gefesselten Händen. Der Wachebeamte führt ihn zurück zum Heizungsrohr und kettet ihn wieder an diesem fest. Der Wachebeamte geht aus dem Raum. Stille. Der Schwarze versucht, sich die Unterhose hochzuziehen, es gelingt ihm nicht. Die Putzfrau schaut durch einen Spalt der halboffenen Türe und kommt herein. Sie sieht, wie sich der Schwarze abmüht. Sie schließt die Türe, dreht sich mit dem Rücken zu ihm und wartet. Stille. Der Schwarze versucht immer wieder, die Hose hochzuziehen, es gelingt ihm einfach nicht.

Die Putzfrau *steht mit dem Rücken zu ihm im Raum.* Bin ich sehr diskret und tue warten. Sag ich nicht, wird's bald, Tempo, Beeilung.

Der Schwarze gibt seinen Versuch, wenigstens die Unterhose hochzuziehen, auf. Er bedeckt seine Blöße mit den gefesselten Händen. Schweigen.

Die Putzfrau Bin ich nicht neugierig wie viele andere Frau.
Der Schwarze *bittend:* Ich liebe dieses Land.

Er zeigt mit den gefesselten Händen auf seine heruntergelassene Hose. Schweigen. Die Putzfrau dreht sich nicht um.

Die Putzfrau Obwohl ist Sehnsucht in diese Richtung manchmal vorhanden, bin ich sehr schüchtern, wegen religiöse Erziehung.

Schweigen.

Der Schwarze *flehentlich:* Ich liebe dieses Land.

Er zeigt mit den gefesselten Händen immer wieder auf seine Hose. Die Putzfrau dreht sich ein klein wenig um und sieht seine Geste.

Die Putzfrau Wenn ist reine Nächstenliebe, ist möglich.

Sie dreht sich um und hält sich die Hände vor die Augen.

Die Putzfrau Wenn einverstanden, ich mache blinde Methode.

Sie geht – mit den Händen vor den Augen – auf ihn zu und bleibt knapp vor ihm stehen. Schweigen.

Die Putzfrau Mit diese Methode ist nicht möglich.

Sie nimmt ihre Hände langsam von ihrem Gesicht. Sie versucht nicht »hinzuschauen«. Sie zieht ihm die Unterhose und die Überhose hoch.

Die Putzfrau Bitteschön.

Der Schwarze verbeugt sich ein wenig.

Der Schwarze Ich liebe dieses Land.
Die Putzfrau *verbeugt sich vor ihm.* Bitte schön. Danke schön. Jetzt, wo wir gemacht haben nahe Bekanntschaft, gebe ich Ihnen Billet.

Sie zieht ein Kärtchen aus ihrem Arbeitsmantel und hält es ihm hin. Er schaut sie an.

Die Putzfrau Das ist meine Name und Adresse und Telefon. Handynummer ich gebe Ihnen bei noch nähere Bekanntschaft.

Sie hält ihm die Karte hin. Er schaut auf die Karte.

Die Putzfrau Ist üblich in Deutschland, bilet wizytowy, Visitenkarte, hat jeder. *Sie zeigt auf die Visitenkarte und liest vor.* Janina Wiśniewska. Wilhelmstadt. Neu-Spandau. Schmidt-Knobelsdorfstraße 66.

Sie schaut ihn an. Er schaut sie an. Schweigen. Sie legt die Karte auf die Bank.

Janina Werden sein müssen viele Übungen in Deutsch mit Ihnen, werden wir anfangen müssen bei Anfang. Nikt się mistrzem nie rodzi. (3)

Sie schaut ihn an und deutet auf sich.

Janina *eindringlich:* Ich. Janina Wiśniewska. Sie? Name?

Sie zeigt auf ihn. Schweigen.

Der Schwarze *macht eine kleine, verneinende Geste mit dem Kopf:* Ich liebe dieses Land.
Janina Werd ich machen moderne Lernmethode, Pädagogik.

Sie streckt ihre Arme von sich, bewegt sich auf und ab und läuft im Raum herum. Sie hat noch immer ihre großen Gummihandschuhe an.

Janina Meine Vater, meine Mutter, Tomasz, Wiesława, mich haben nix genannt Janina, immer gesagt Motylek, Motylek, kleiner Schmetterling, von Motyl, was ist normale Schmetterling. Motylek! Motylek! Sie müssen sagen, Motylek, Motylek, Sie müssen sprechen deutsch, Motylek, Motylek, sonst sie werden nie hineinkommen in AOK. Motylek, Motylek, gut passend, immer im Leben ich war hinaufgeflogen und wieder gesunken, hinaufgeflogen und wieder gesunken. Wie ich war verhört, in neunzehnhunderteinundachtzig von Miliz, wegen Ausreise nach Deutschland, war ich Tag und Nacht verhört, war ich sehr gesunken, hab ich immer vorgewiesen deutsche Einladung für Putzfrau, Doktor Wilfried Schmittenrein, Düsseldorf, Heidestraße 12, will Motylek für Putzfrau, Einladung hat mir überbracht Professor Tadeusz Perkowski, Professor für Germanistyka in Wrocław, Ulica Szewska 12, war ich hinaufgeflogen bei Übergebung, hat gekostet 50 Dollar, war ich ein bißchen hinuntergesunken, bei Ankunft in Düsseldorf Bahnhof war ich hinaufgeflogen bis in Himmel, bei Wohnungstüre von Doktor Wilfried Schmittenrein war ich hinuntergesunken auf Erde und unter Erde, Doktor Wilfried Schmittenrein hat Motylek nicht gekannt, hat gesagt, ist Irrtum und hat geschlossen Türe... Motylek... Motylek... so müde... deutsche Polizei hat Motylek gebracht in Nürnberg, Zindorf, in Flüchtlingslager... keine Visum... keine Paß... nur Duldung, was war keine Romantik... Motylek ist geflogen nur wenig über Erde... über Zindorferde geflogen... über Ulmerde... über Halleerde... über Bremerhavenerde... über Aschenbacherde... über Frankfurterde... über Dinkelsbühlerde... immer putzen, putzen, putzen... ist gelandet in Berlin... in Polizeidirektion... in AOK... hat deutsche Staatsbürgerschaft... ist glücklich...

Sie bleibt stehen, sie ist völlig außer Atem und atmet schwer. Schweigen.

Der Schwarze *leise:* Beni …

Sie starrt ihn an. Schweigen. Sie geht zu ihm hin.

Janina *voller Aufregung zum Schwarzen:* Beni … ich Janina. Sie Beni?

Der Schwarze nickt.

Janina Ich Janina Wiśniewska. Sie?
Beni Beni Jaja.

Die Türe öffnet sich einen Spalt. Ein ungefähr fünfunddreißigjähriger Mann in Jeans und Pullover bleibt in der halbgeöffneten Türe stehen und beobachtet die beiden. Die beiden sind so miteinander beschäftigt, daß sie ihn nicht bemerken.

Janina Wie möcht ich jetzt vor Aufregung weiterfragen? Ich Polen. Sie?
Beni Nigeria.
Janina *der so schnell keine andere Frage einfällt:* Putzmittel?
Beni Meister Proper.
Janina Schmetterling?
Beni Motylek.
Janina Jesusmaria, ist ja eine Konversation wie fließend. Ich geboren in Miłosna. Sie?
Beni *versteht sie nicht.* E we na iwe, a hotam ihe i na ekwu. (4) *Fragend:* English?
Janina *lacht:* Szkoła Podstawowa (5), Russisch. Szkoła Zawodowa (6), Russisch. In Polen nix Inglisch, nur Russisch.
Beni High School, Okirika. (7)

Kurzes Schweigen.

Der Mann an der Türe *zu Beni:* Schön. Reden Sie nur weiter.

Der Mann kommt in den Raum. Janina und Beni erschrecken und starren ihn an.

Der Mann *zu Beni, sehr freundlich:* Jetzt habe ich Ihnen kurz zugehört, Sie sprechen ja gleich mehrere Sprachen.
Beni *wird unruhig.* Ich liebe dieses Land.
Der Mann Davon hat man mir erzählt, daß Sie nichts sagen, außer diesem einen Satz. Aber den immer wieder. Ich würde gerne ein Gespräch mit Ihnen führen. Mein Name ist Waldner, ich bin Psychologe.
Beni *abweisend:* Ich liebe dieses Land.
Der Psychologe *zu Janina:* Würden Sie uns bitte kurze Zeit alleine lassen?

Janina rührt sich nicht von der Stelle. Schweigen. Der Wachebeamte schaut bei der Türe herein.

Der Psychologe *zum Wachebeamten:* Schließen Sie doch diese fürchterliche Kette auf.

Der Wachebeamte geht zu Beni und sperrt das Schloß der Kette auf.

Der Wachebeamte Handschellen auch?
Der Psychologe Schon in Ordnung.

Der Wachebeamte nimmt Beni die Handschellen nicht ab. Schweigen im Raum. Plötzlich stellt sich der Wachebeamte hinter Janina, streckt seine Hände von sich und imitiert eine flügelschlagende Henne.

Der Wachebeamte Putze? Put! Put! Put! Put!

Janina läuft davon, er läuft hinter ihr her.

Janina *schreit:* Żeby cię Bóg pokarał! (8)

Der Wachebeamte Put! Put! Put!

Er macht dem Psychologen ein Zeichen, daß diese Frau verrückt sei.

Der Psychologe Lassen Sie das.

Der Wachebeamte scheucht Janina aus dem Zimmer und verschwindet mit ihr. Schweigen. Der Psychologe geht auf Beni zu.

Der Psychologe Wollen Sie sich nicht ein wenig die Beine vertreten?

Beni *vorsichtig:* Ich liebe dieses Land.

Der Psychologe Lassen Sie uns doch miteinander auf und ab gehen. Sie müssen ja ein schreckliches Bewegungsmanko haben.

Er hakt sich bei Beni ein. Die Handschellen drücken auf Benis Handgelenke, er beginnt zu zittern. Der Psychologe geht mit ihm durch den Raum.

Beni *schmerzvoll:* Ich liebe dieses Land.

Beni macht sich los.

Der Psychologe Gut. Gehen Sie einfach neben mir.

Die beiden gehen im Zimmer nebeneinander auf und ab.

Der Psychologe Sie lieben dieses Land, sagen Sie, aber liebt dieses Land Sie? Manchmal denke ich, ich hasse dieses Land. Als ich in Tübingen studierte und zur Untermiete wohnte, kam die Vermieterin jeden Freitag in die Bude und blickte in den Abort. Sie blickte tief in den Abort, wenn sie nur den geringsten Schatten sah, drehte sie durch. Die

Deutschen brauchen zwei Dinge, die Sauberkeit und den kritischen Journalismus. Neunzehnhundertfünfundvierzig sagte ihnen die Welt, daß sie Schweine seien. Sie pochten sich schuldbewußt an die Brust und gründeten den kritischen Journalismus. Die Putzfrauen kommen am Freitag, damit am Wochenende alles sauber ist, und die kritischen Magazine kommen zumeist am Montag, damit die Deutschen eine saubere Woche vor sich haben. Sollen wir unser Gespräch lieber auf Englisch führen?

Beni *zwischen Gleichgültigkeit und Abweisung:* Ich liebe dieses Land.

Janina öffnet ein wenig die Türe, schaut kurz herein, versucht Beni ein Zeichen zu machen und verschwindet wieder. Beni geht neben dem Psychologen. Der Psychologe hält im Reden inne und schaut auf Benis Beine.

Der Psychologe Verzeihen Sie, es macht mich ein wenig nervös, wenn Sie ganz anders gehen als ich, ich meine, wenn wir nicht im Gleichschritt gehen. Ich weiß schon, das ist ein schreckliches Wort »Gleichschritt«, extrem vorbelastet. Ich will sagen, es geht sich einfach leichter miteinander, wenn man im Einklang geht. Ich setze mein rechtes Bein vor, und Sie setzen Ihr rechtes Bein vor. Ich ziehe mein linkes Bein nach, und Sie ziehen ihr linkes Bein nach. Das kann doch nicht so schwer sein.

Er macht es vor. Beni macht es nicht nach.

Beni Ich liebe dieses Land.

Der Psychologe geht weiter, Beni bleibt stehen. Der Psychologe umkreist ihn. Janina schaut wieder durch den Türspalt. Sie spielt kurz den Schmetterling. Beni sieht es. Der Psychologe bemerkt es nicht. Janina verschwindet wieder.

Der Psychologe Sie stammen aus Nigeria und haben dort die High School besucht, wie ich vernommen habe?

Beni Ich liebe dieses Land.

Der Psychologe Sie sind aus politischen Gründen aus Nigeria geflüchtet? In den letzten Jahren sind Tausende geflüchtet, aus Verzweiflung und Hoffnungslosigkeit, viele in Ihrem Alter.

Seine Armbanduhr piepst. Er stellt es ab, bleibt stehen und lacht.

Der Psychologe Die Berliner Polizeidirektion veranschlagt für ein Häftlingsgespräch acht Minuten, mehr nicht.

Beni Ich liebe dieses Land.

Der Psychologe Diesen Satz kennen wir schon, aber Sie werden damit nicht durchkommen. Ich mache Ihnen einen Vorschlag. Sie machen Angaben zu Ihrer Person, und ich setze mich im Rahmen meiner Möglichkeiten dafür ein, daß Sie in Ihrem geliebten Deutschland bleiben können, zumindest vorderhand. Sie wissen, daß es ein Abkommen zwischen der deutschen und der nigerianischen Regierung gibt, wonach Personen, deren Identität nicht feststellbar oder zweifelhaft ist, nach Nigeria zurückgeschickt werden können?

Beni Ich liebe dieses Land.

Schweigen. Der Psychologe nickt und geht zur Türe, dabei stolpert er über seine eigenen Füße. Er bleibt stehen, übt kurz das »richtige« Gehen und wendet sich vor dem Hinausgehen noch einmal an Beni.

Der Psychologe Ist Ihnen klar, daß Sie mir das Gefühl der Erfolglosigkeit beschert haben?

Schweigen. Er dreht mit einer schnellen Handbewegung am Drehschalter, es wird fast dunkel, er geht hinaus. Kaum ist er draußen, geht die Türe wieder einen Spalt auf, Janina schaut herein und kommt in den Raum. Sie dreht das Licht wieder voll auf. Sie schaut zur Türe, hinter welcher soeben der Psychologe verschwunden ist.

Janina Riecht nach Nivea, gute Nivea. In Polen schlechte Nivea. In Deutschland blaue Dose, in Polen weiße Dose, hab ich immer geträumt von blaue Dose. Das erste Mal Traum ist in Erfüllung gegangen in Düsseldorf Bahnhof.

Beni setzt sich auf die Bank und lehnt sich mit dem Rücken an die Wand. Janina hat noch immer ihre großen Gummihandschuhe an, in der einen Hand hält sie ein Musikinstrument, eine Okarina. Beni hört ihr zu.

Janina Hab ich sofort gekauft eine Dose Nivea in Düsseldorf Bahnhof, bei Schlecker. Bin ich gegangen in WC und hab ich mir geschmiert halbe Dose in Gesicht. Jesusmaria, das war eine Romantik. Dreißig Jahre man hat geträumt von diese Odeur und auf einmal war da. Bin ich romantische Seele mit viel Traum.

Sie geht auf ihn zu.

Janina Kann ich Bekanntschaft näher machen, kann ich haben Auskunft über Ihre Seele, ein wenig?

Beni schweigt, sie zeigt auf ihn.

Janina Seele?
Beni Seele?
Janina Seele! Dusza!
Beni Dusza.
Janina Deutsch wird immer besser. In Neunzehnhundertsiebenundfünfzig, Szkoła Podstawowa, hat romantische

Seele Anfang genommen. Bin ich gesessen in Schulbank, Schule war in Schloß, hab ich gegeben meine Blicke in Park, hab ich gesehen alter Mann in Frack... ganze zerrissen... hat gespielt Geige... ein Deutscher... Leute im Dorf haben gesagt, verrückt... nix wird's bald, Beeilung, weg... in Miłosna geblieben... immer Geige gespielt... hab ich geträumt, Deutschland ist Paradies mit Musik von Geige... bin ich Musikseele geworden...

Sie hält Beni die Okarina hin.

Janina Hab ich genommen von Schrank, wo sind die Gegenstände von verschobene Flüchtlinge. Möcht ich fragen, ob Sie sind auch Musikseele, wegen Übereinstimmung.

Beni nimmt die Okarina. Er betrachtet sie und führt sie an seine Lippen, was ihm mit den Handschellen einigermaßen schwerfällt. Er bläst zart in die Okarina, es gelingt ihm erstaunlich schnell, auf ihr eine Melodie zu spielen. Er scheint es im Üben zu lernen und spielt immer besser, obwohl ihn die Handschellen behindern. Janina hört ihm zu.

Janina Jesusmaria. Beni Jaja hat Musikseele, Janina Wiśniewska hat Musikseele, Bekanntschaft geht in Tiefe.

Beni spielt. Janina hört ihm zu. Er setzt die Okarina ab. Sie schaut ihn an.

Janina Mutter Wiesława hat gesagt, Motylek darf nicht in Musik, muß in Gastronomie... viele Hunger in Miłosna... muß Nachhause bringen Essen... *sie macht das Zeichen des Stehlens*... muß arbeiten... bin ich gekommen in Werkküche, zu Zwiebel... das war fast Ende von Musikseele Motylek...

Beni lächelt und spielt noch ein paar Töne.

Janina Herr Beni Jaja, Sie sind Auferstehung von Musikseele Motylek. Dankeschön. Werd ich Ihnen so viele deutsche Übung geben, bis Sie sind hier zu Hause.

Der Wachebeamte kommt mit einer Kiste Bier in den Raum. Er stellt sie ab und dreht das Licht etwas schwächer.

Der Wachebeamte *zeigt auf seine Armbanduhr, zu Janina:* Feierabend. Ab ins Wochenende. *Zu Beni:* Hier ist das Deutsche Fernsehen mit seinem Hauptabendprogramm. »Wetten, daß …?«

Beni wird unruhig und legt die Okarina auf die Bank. Janina bleibt. Sie dreht sich um und hält dem Wachebeamten ihren Hintern hin. Er schaut kurz auf ihren Hintern und tritt dagegen. Janina schreit auf. Er jagt sie mit Fußtritten aus dem Raum. Er schließt die Türe und macht das Licht noch etwas schwächer. Schweigen. Beni drückt seinen Rücken an die Wand und starrt den Wachebeamten an. Der Wachebeamte trägt die Kiste Bier zu ihm hin, stellt sie ab und nimmt Bierflaschen aus der Kiste, eine nach der anderen, insgesamt neun Flaschen. Er stellt die Flaschen vor Beni auf, keine hat einen Verschluß. Jedes Bier ist von einer anderen Sorte. Beni starrt ihn ängstlich an.

Der Wachebeamte Radeberger. Berliner Kindl. Schultheiss. Köstritzer. Beck's. Holsten. Budweiser. Jever. Flensburger. Alles Pils. Und jetzt Kumpel, jetzt spielen wir »Wetten, daß …?«

Beni *voller Abwehr:* Ich liebe dieses Land.

Der Wachebeamte Klar. Hör zu, Kumpel. Ich bin Kandidat bei »Wetten, daß …?« Ja? Ich sage, ich trinke mit verbundenen Augen aus einer Flasche und kann sagen, welche Marke es ist, und was sagst du?

Beni Ich liebe dieses Land.

Der Wachebeamte Du sagst, was du machst, wenn ich gewinne und du verlierst.

Beni Ich liebe dieses Land.

Der Wachebeamte Wenn ich gewinne, zeigst du Verständnis für mich, das ist dein Einsatz, alles klar?

Der Wachebeamte bindet sich ein Taschentuch über die Augen. Er fährt mit seiner Hand vor dem Taschentuch auf und ab.

Der Wachebeamte Top. Die Wette gilt.

Der Wachebeamte nimmt eine der Flaschen und macht einen langen Zug aus ihr. Kurze Stille.

Der Wachebeamte *mit verbundenen Augen.* Das war ein Flensburger Pils. Stimmt's?

Er hebt das Taschentuch ein wenig hoch.

Der Wachebeamte Stimmt.

Er zieht das Taschentuch wieder über die Augen, nimmt eine weitere Flasche aus der Reihe und trinkt daraus.

Der Wachebeamte Das ist ein Schultheiss. Stimmt hundertprozentig. Brauch ich gar nicht nachsehen.

Er nimmt die nächste Flasche und trinkt sie halb leer.

Der Wachebeamte Laß raten.

Er macht noch einen Schluck aus derselben Flasche und setzt sie ab.

Der Wachebeamte *nach einer Pause:* Es ist . . . es ist ein Köstritzer.

Er hebt das Taschentuch ein wenig hoch.

Der Wachebeamte Klasse. Stimmt.

Er zieht das Taschentuch wieder über die Augen und trinkt aus der nächsten Flasche.

Der Wachebeamte Radeberger. Junge, ich glaube, du verlierst die Wette. Denk schon mal über deinen Einsatz nach.

Er nimmt die nächste Bierflasche und trinkt die ganze Flasche aus.

Der Wachebeamte Zum Wohle. Es war ein Jever, korrekt?

Er schaut kurz nach.

Der Wachebeamte Korrekt.

Er wird langsam betrunken. Er nimmt die nächste Flasche und trinkt.

Der Wachebeamte Holsten. Was habe ich dir gesagt, was du tun mußt, wenn du verlierst?
Beni *ängstlich:* Ich liebe dieses Land.
Der Wachebeamte Verständnis mußt du zeigen. Mit mir, daß ich solche Kaffern wie dich aushalte, die immer denselben Scheiß reden.

Er nimmt die nächste Flasche und trinkt.

Der Wachebeamte Ihr redet Scheiß, ihr kommt nach Deutschland, dealt mit Drogen und wollt unsere Frauen ficken. Das war ein Berliner Kindl. Aber wenn ich sage, was ich mit euch Affen erlebe, dann krieg ich eins in die Fresse, dann bin ich der Arsch bei meinem Vorgesetzten, dann rauscht der Blätterwald, dann bist du in der Talkshow und ich in der Scheiße. Verstehst du mich, Kumpel?

Beni *vorsichtig:* Ich liebe dieses Land.

Der Wachebeamte Die Linken reißen das Maul auf und haben keine Ahnung, wie das ist, wenn hier einer von euch in den Gewahrsam kackt. Schröder ist in Ordnung, Fischer ist in Ordnung, Schily ist in Ordnung, die haben den ganzen linken Scheiß hinter sich.

Er nimmt eine Flasche und trinkt sie aus. Er nimmt das Taschentuch von seinen Augen.

Der Wachebeamte Meine Frau ist auch in Ordnung, aber sie hat einen Tick, verstehst du? Sie kann die Wichse nicht ausstehen, sie sagt immer, das sei klebriges, ekliges Zeugs. Kapier ich ja, daß ich nicht reinspritze wie die Dahlemer Feuerwehr, geht die Wichse eben aufs Laken. Der Fleck wird so schnell kalt und unangenehm, sagt sie, also laß ich die Wichse ins Taschentuch. Das Taschentuch ist frisch gebügelt, sagt sie, ich soll die Wichse in den Abort transportieren. Hast du schon mal abgespritzt und die Wichse in den Abort gebracht? Du schaffst es nicht, Junge, glaub mir. Du spritzt ab, springst aus dem Bett, läufst in den Abort und läßt es rein. Aber unterwegs ist dir die halbe Wichse auf den Teppich getropft, auf den teuren Teppich, jault sie. Also, was machst du, Junge? Du gehst mit deiner Wichse in die Tschechische Republik, das tust du. Fährst rüber nach Cheb, legst fünfzig Mark auf den Tisch des Hauses und kannst spritzen, wohin du willst, rein oder daneben. Kannst auch auf Kinder spritzen. Das kümmert die Tschechen nicht. Verstehst du?

Beni *mit großer Anspannung:* Ich liebe dieses Land.

Der Wachebeamte Ob du mich verstehst, hab ich dich gefragt! *Schreit:* Verstehst du mich?

Beni *in größter Angst:* Ich liebe dieses Land.

Der Wachebeamte schlägt ihm, mit einer blitzschnellen Drehung, den Fuß ins Gesicht. Beni fällt zu Boden und rührt sich nicht mehr. Der Wachebeamte steht da, wankt, starrt auf Beni, sammelt mühsam die Bierflaschen ein und geht aus dem Raum. Beni liegt regungslos am Boden. Stille. Von weitem hört man einen kaum wahrnehmbaren Rumor, den Zug der Loveparade. Janina öffnet vorsichtig die Türe und sieht den am Boden liegenden Beni.

Janina Matko Boska! (9)

Sie geht zu ihm hin, kniet neben ihm nieder, mit dem Rücken zum Publikum. Sie schluchzt. Sie zieht ein kleines Fläschchen aus einer Tasche ihres Arbeitskleides und stellt es neben sich.

Janina *redet mit sich selber:* Wenn ist Körper und Seele kaputt, gibt es Hausmittel aus Polen. Aloes. Ist Träne von Kaktus.

Sie hält inne, will die Handschuhe ausziehen, steht auf, geht zum Drehschalter und dreht das Licht zurück, es ist fast dunkel im Raum. Sie kniet sich wieder neben Beni, mit dem Rükken zum Publikum. Sie schaut zur Türe, wartet und zieht ihre Gummihandschuhe aus. Man kann ihre Hände nicht sehen. Sie zieht behutsam sein Hemd hoch. Sie nimmt das Hausmittel und schmiert ihm den Rücken ein. Sie singt dazu ein Lied, ein polnisches Schlaflied.

Janina Śpij Beni słodko, śpij słodko
Niech omijają twój próg
Złe smutki lalek stłuczonych
Pajacy bez rąk i nóg
Noc ciemna stoi na straży
U twoich okien i drzwi
Śpij Beni słodko, śpij słodko. (10)

Stille. Sie summt die Melodie des Liedes. Von weitem hört man den näherkommenden Rumor der Loveparade. Die Türe des Raumes geht auf, der Wachebeamte bleibt im Türrahmen stehen. Er wankt. Sie zieht blitzschnell ihre Handschuhe an. Er dreht das Licht voll auf. Janina steckt das Fläschchen ein, zieht Beni sanft das Hemd über den Rücken, steht auf und geht aus dem Raum, am Wachebeamten vorbei. Er geht ihr nach. Die Türe bleibt offen. Vom Gang hört man das Geräusch eines sich öffnenden und schließenden Ganggitters. Beni liegt regungslos am Boden. Der Rumor der Loveparade kommt näher. Vom Gang hört man Stimmen.

Eine männliche Stimme *von draußen:* Hier ist mein Presseausweis, und wo ist dieser Schwarze, der nur einen einzigen Satz spricht, ich liebe dieses Land?

Man hört das Öffnen und Schließen des Ganggitters. Ein Journalist, etwas über fünfzig, erscheint in der offenen Türe, hinter ihm eine sehr junge Frau mit Fotoausrüstung. Beni liegt am Boden und stöhnt. Die beiden betrachten ihn. Schweigen.

Der Journalist Das Stöhnen dieses Schwarzen ist berührender als jeder Satz, den er sagen könnte, und sei es nur ein einziger.

Die Fotografin geht zu Beni und dreht seinen Kopf vorsichtig zur Seite, damit man sein Gesicht besser sehen kann. Beni stöhnt. Sie hantiert an ihrer Fotoausrüstung und beginnt zu fotografieren. Während sie fotografiert, beobachtet der Journalist den stöhnenden Beni.

Der Journalist Sein Stöhnen sagt alles, während man hier alles nur sagt: Sätze! Sätze! Ganz Deutschland besteht ja nur aus Sätzen. Aus intelligenten und grammatikalisch richtig gesprochenen Sätzen. Mit ihren Sätzen nageln die Menschen in diesem Lande alles zu, ihren Schmerz, ihre Geschichte, ihr ganzes Land. Deutschland ist perfekt vernagelt. Die Deutschen sind perfekt vernagelt, man sieht sie nicht mehr, sie sind hinter ihren Sätzen verschwunden. Wenn man einen Menschen in diesem Lande liebt und vor Sehnsucht die Bretter herunterreißt, ist der Käfig leer. Die Deutschen flennen vor Hilflosigkeit in der Nacht, aber kein Wehklagen ist zu hören, nur Sätze, Formulierungen, Talkshows. Menschen trennen sich, aber es entsteht keine Stille, kein Schweigen, nur Interpretationen. Wenn ein geliebter Mensch in diesem Lande stirbt, schreit niemand vor Verzweiflung, ein Pastor spricht gesetzte Worte, man könnte ihn für einen Professor der Rhetorik halten. Ein Kanzler verrät die Arbeiterklasse, aber nichts kennzeichnet ihn als Verräter, er spricht Sätze, welche sogar seinen Opfern vernünftig erscheinen.

Beni stöhnt. Die Fotografin ist mit ihrer Arbeit fertig und packt ihre Ausrüstung zusammen. Sie geht aus dem Raum. Beni kriecht auf den Journalisten zu. Der Journalist weicht ein paar Schritte zurück und redet weiter.

Der Journalist Nur wenn wir zum Tier werden, zum stummen Vieh, erreichen wir einen gewissen Grad an Menschlichkeit. Erst wenn die Deutschen erfroren im russischen Schnee liegen, wenn ihnen die Wasserwerfer die Sätze aus dem Mund gespült haben, wenn sie zu Tausenden stumm auf den südlichen Stränden liegen und schweigen, weil ihnen die Hitze die Sprache verbrannt hat, haben sie Anmut. Die Nichterfrorenen flüchten wieder in die Sätze, die Demonstrierenden verfassen Essays und die vom Urlaub Heimgekehrten halten Lichtbildervorträge.

Die Fotografin kommt mit einer Decke zurück in den Raum. Sie deckt den Schwarzen zu und wickelt ihn ein wenig ein. Der Journalist redet weiter.

Der Journalist Die Deutschen sind ans Alphabet gekreuzigt. Sie hängen am Buchstaben, am Wort, am Komma, und sind glücklich. Wenn sie aus der Sprache fallen, fallen sie vom Kreuze und verwesen in ihren Wohnungen. Es gibt keinen Deutschen, es gibt nur die deutsche Sprache, und da diese korrekt und vernünftig klingt, vermutet man dahinter ein ganzes Volk. Manchmal tritt dieses Volk vor seine Sprache und ist für einen Moment sichtbar. Wenn die Bürger der DDR den Checkpoint Charly überrennen und nach Bananen brüllen, wenn Millionen vor dem Fernsehapparat sitzen, die deutsche Nationalmannschaft ein Tor schießt und das ganze Land ein einziger Jubelschrei ist, dann hat sich dieses Volk für einen Moment gezeigt, groß und erhaben. Wenn dem Saumagen des ehemaligen Bundeskanzlers mitten in seiner Vernehmung ein Rülpser hochkommt, so ist dies ein Augenblick größter Würde, tiefster Wahrhaftigkeit. Wenn er daraufhin das Wort »Entschuldigung« sagt, hat er schon wieder gelogen. Er entschuldigt sich für gar nichts, er redet, er formuliert, er sagt Sätze, er sitzt im Käfig der Sprache, unauffindbar.

Beni stöhnt.

Die Fotografin Bist du fertig?

Schweigen. Die Fotografin geht. Der Journalist geht ihr nach. Die beiden verlassen den Raum. Die Türe des Raumes bleibt offen. Man hört das auf- und zugehende Ganggitter, dann ist es wieder still. Man hört den Rumor der näherkommenden Loveparade. Beni versucht aufzustehen, es gelingt ihm nicht. Der Wachebeamte kommt wankend in den Raum und hilft ihm dabei. Er setzt ihn auf den Stuhl in der Mitte des Raumes. Er nimmt die Decke mit und geht. Der Rumor der Loveparade wird lauter. Der Wachebeamte kommt wieder in den Raum und dreht das Licht zurück. Er steht in der offenen Türe.

Der Wachebeamte Gute Nacht.

Es klingt wie eine Entschuldigung. Er geht und läßt die Türe offen. Der Rumor der Loveparade wird lauter. Das Ganggitter geht auf und zu, man kann es kaum hören. Beni sitzt auf dem Stuhl und rührt sich nicht. Zwei Gestalten, ein Mann und eine Frau, in der ausgeflippten Kostümierung und Bemalung der Loveparadeteilnehmer kommen leise in den dunklen Raum. Beni bemerkt sie nicht. Der Mann schleicht sich an Beni, der mit dem Gesicht zum Publikum sitzt, heran und hält ihm mit beiden Händen von hinten die Augen zu.

Der Mann Wer isses?

Beni versucht um sich zu schlagen, die Handschellen hindern ihn daran. Der Mann nimmt seine Hände von Benis Gesicht und lacht.

Der Mann Ich bin der Polizeipräsident von Berlin, Eugen Flimmer.

Die Frau steht an der Eingangstüre und dreht das Licht voll auf.

Der Mann Und das ist meine Frau, Rita Flimmer.

Die beiden lachen.

Der Polizeipräsident Wir haben von Ihnen gehört, von diesem einen Satz, den Sie immer sagen. Das macht ja richtig die Runde. Würden Sie mir und meiner Frau den Gefallen machen und den Satz wiederholen?

Beni schweigt.

Der Polizeipräsident Bitte. Ich liebe dieses Land.
Beni *unsicher:* Ich liebe dieses Land.
Der Polizeipräsident Hast du gehört, Rita, er sagt immer nur diesen einen Satz. Verrückt.

Die beiden lachen.

Der Polizeipräsident Wundern Sie sich nicht über unseren Aufzug. Eine Maskerade. Wir machen mit bei der Loveparade. Der Polizeipräsident von Berlin und seine Frau machen mit bei der Loveparade, in Kostüm und Maske!

Die beiden lachen.

Der Polizeipräsident Früher hat man bei solchen Veranstaltungen Hundertschaften von Polizisten hingeschickt, Wasserwerfer, Hundestaffeln, Greifkommandos. *Er lacht:* Das ganze Arsenal des Schreckens. Das ist over. Wir mischen uns unter die Leute, die halbe Loveparade besteht aus meinen Leuten.

Die beiden lachen. Kurzes Schweigen. Sie beobachten Beni.

Der Polizeipräsident Sie lieben Deutschland, sagen Sie? Offen gesagt, ich habe ein Faible für Österreich. Die Österreicher haben etwas zutiefst Menschliches an sich, auch in der Polizeiarbeit. Kennen Sie die Geschichte vom Wiener Polizeipräsidenten, der einem Schwerverbrecher, welcher von der Polizei umstellt ist, zuruft: I bins, dein Präsident. Daraufhin gibt der Schwerverbrecher auf, der Polizeipräsident geht zu ihm hin, umarmt ihn, und der Verbrecher schluchzt an der Schulter des Präsidenten.

Die beiden lachen. Beni schweigt.

Der Polizeipräsident *schaut Beni an.* Das muß doch nicht sein, daß man Sie hier mit angelegten Handschellen sitzen läßt. Warten Sie einen Augenblick.

Der Polizeipräsident geht aus dem Raum. Die Frau des Polizeipräsidenten geht auf Beni zu und schaut ihn von oben bis unten an. Sie kommt ihm nahe. Beni wird unruhig. Er steht auf, es fällt ihm schwer. Die Frau des Polizeipräsidenten lächelt ihn an, kommt ihm noch näher und beginnt, sein Hemd aufzuknöpfen.

Die Frau Was für ein schöner, junger Mann.

Der Polizeipräsident kommt in den Raum und hält einen Schlüssel hoch.

Der Polizeipräsident *lachend:* Alles schläft, niemand wacht.

Er sperrt Benis Handschellen auf. Beni reibt sich die Handgelenke.

Der Polizeipräsident So kann man sich doch viel vernünftiger unterhalten.

Die Frau *lächelnd:* Sag mal, Eugen, was machen deine Leute, wenn sie einen Dealer nach Drogen absuchen? Ich habe gehört, sie stecken ihren Finger in seinen After. Stimmt das?

Sie hält ihre Hand hoch und streckt den Mittelfinger aus. Der Polizeipräsident lacht. Beni wird wieder unruhig. Die Frau fährt mit ihrer Hand in Benis Hose, Beni beginnt zu zittern. Die Frau schaut ihren Mann an.

Der Polizeipräsident Bitte, Rita, ich glaube nicht, daß unsere Beziehungsproblematik den jungen Mann interessiert.

Die Frau schaut ihren Mann an, lächelt und stößt ihren Finger in Benis Hintern. Beni schreit auf und dreht durch. Er schlägt mit aller Gewalt auf die Frau ein. Die Frau fällt zu Boden und rührt sich nicht mehr. Der Polizeipräsident will aus dem Raum laufen, Beni sperrt ihm den Weg ab. Er geht drohend auf ihn zu. Der Polizeipräsident flüchtet sich in eine Ecke des Raumes. Die Frau erwacht aus ihrer Ohnmacht.

Die Frau Eugen, ich will nicht sterben.

Schweigen. Sie ist wieder still und regungslos. Der Polizeipräsident streckt Beni eine Chipkarte entgegen. Der Rumor der Loveparade wird immer lauter.

Der Polizeipräsident *voller Angst:* Hören Sie! Nehmen Sie diese Chipkarte. Gehen Sie! Sie können damit das Ganggitter aufsperren und das Haupttor. Alle sind bei der Loveparade oder schlafen. Take it! Take it!

Beni starrt den Polizeipräsidenten an. Der Polizeipräsident starrt ihn an und hält ihm den Chip entgegen.

Der Polizeipräsident *zitternd.* Nehmen Sie doch! *Er beginnt zu lachen, ein angsterfülltes, hysterisches Lachen.* Sie haben mir einen Gefallen getan. Ich wollte meine Frau schon immer umbringen. Aber wie soll ich das anstellen? Als Polizeipräsident? Soll ich ins nächste Waffengeschäft gehen und eine Pistole kaufen? Mich kennt doch jeder. Ich habe im Fernsehen eine Sendung gesehen, über das Abzapfen von Gift bei Insekten und Schlangen. Es geht ganz einfach. Ich wollte ihr das Gift ins Frühstücksei injizieren. Aber was mache ich mit der Viper? Eine Viper erholt sich nach kürzester Zeit und produziert neues Gift. Soll ich die Viper in die Spree werfen und unschuldige Badende gefährden? Oder in einen Müllcontainer? Sie könnte einen Penner beißen. Nehmen Sie doch! Nehmen Sie doch!

Er hält Beni die Chipkarte hin und schaut ihn flehentlich und ängstlich an. Beni nimmt ihm die Karte aus der Hand. Der Polizeipräsident schluchzt und sinkt in sich zusammen. Beni geht zur Türe, bleibt stehen, kehrt um, nimmt die Okarina und Janinas Visitenkarte von der Bank und verläßt den Raum. Der Lärm der Loveparade wird immer stärker und stärker. Ende des ersten Aktes.

2. Akt

Die Wohnung von Janina Wiśniewska in Neu-Spandau, ein Raum voll mit religiösen Utensilien: Bilder von der Muttergottes, ein großer Teller mit dem Bildnis des polnischen Papstes, eine verkorkte Flasche in der Gestalt der Heiligen Jungfrau von Fatima, gefüllt mit Weihwasser, ein Bildnis des Heiligen Antonius von Padua, daneben ein Bildnis des Heiligen Antonius von Ägypten. Dazwischen ein Bildnis von Janinas Eltern, über dem ein Rosenkranz hängt, und drei Kuckucksuhren in verschiedenen Größen. Auf der linken Seite des Raumes befindet sich eine kleine Einbauküche, davor ein Tisch mit drei Stühlen. Auf der gegenüberliegenden Seite steht ein breites Bett. Eine große Puppe mit blonder Perücke sitzt auf dem Bett. Neben dem Bett steht eine batteriebetriebene Lampe, 1,10 Meter hoch, in Form eines Plüschaffens. Janina steht neben dem Küchentisch und gießt Kaffee ein. Sie trägt noch immer übergroße Handschuhe, diesmal selbstgestrickte. Beni Jaja sitzt am schön gedeckten Küchentisch, ißt Kuchen und trinkt Kaffee. Janina beobachtet ihn dabei und lächelt.

Janina Kaffee und Kuchen, das ist deutsche Paradies. Echte deutsche Bohnenkaffee, was hat die beste Odeur von der Welt. *Sie zeigt auf die diversen Süßigkeiten und zählt sie auf:* Schwarzwälder Kirsch, Berliner, Buttercremetorte, Negerküsse, Bienenstich. Hab ich gekauft bei Widmann, alles für Beni Jaja.

Sie beobachtet ihn beim Essen und lächelt. Er scheint sehr hungrig zu sein. Plötzlich faßt sie sich mit der Hand an den Kopf.

Janina Bin ich veralzheimert, hab ich vergessen Sahne. Kuchen ohne Sahne ist Todsünde in Deutschland. Wo ist Sahne? Wo ist Sahne?

Sie durchstöbert den Küchenschrank, sie findet keine Sahne. Sie geht zum Bildnis des Heiligen Antonius von Padua und bekreuzigt sich.

Janina Heiliger Antonius von Padua, hilf mir finden deutsche Sahne. *Zu Beni:* Heiliger Antonius von Padua ist zuständig für verlorene Sachen. Daneben, Heiliger Antonius von Ägypten ist zuständig für Abwehr von sündige Gelüste. *Zu Antonius:* Antonius von Padua, wo ist Sahne? *Zu Beni:* Wenn er mir soll helfen, muß ich geben Versprechung, kleine Gelübde. *Sie lacht:* No, werd ich ihm versprechen bei Auffindung von Sahne, daß ich nicht haben werd sündige Gelüste auf Herrn Beni Jaja.

Sie geht zurück zum Küchenkasten und kramt darin. Sie findet keine Sahne. Sie lacht ihn an.

Janina Sahne ist verschwunden, leider.

Beni schaut auf, mit vollem Mund.

Janina Herr Beni Jaja möcht bleiben in deutsche Paradies?

Beni schaut sie an.

Janina Mit Trauschein, Abschiebung ist nicht möglich.

Sie streckt ihre behandschuhten Zeigefinger aus und fügt sie zusammen, auseinander und wieder zusammen. Sie lächelt ihn an.

Janina Beni Jaja und Janina Wiśniewska, wie ist?

Beni ißt weiter. Sie geht zur Wand, nimmt das Bild ihrer Eltern herunter und zeigt es Beni.

Janina Mutter Wiesława. Vater Tomasz. Zusammengefügt auf ewig.
Beni *schaut das Bild an:* Father?
Janina Vater.

Sie schaut das Bild an und macht ein trauriges Gesicht.

Janina Vater Tomasz ... *Sie schaut still auf das Bild* ... Panie, zmiłuj się nad jego duszą (11) ... In neunzehnhunderteinundsechzig, auf eine Mal Musik war weg, deutsche Geiger war verschwunden ... hab ich gedacht, Geiger ist gegangen in Deutschland, muß ich auch gehen in Deutschland ... bin ich gegangen in Richtung ... Vater Tomasz hat mich gefangen, hat mich gehauen ... hab ich erzählt ganze Geschichte ... hat gelacht ... hat gesagt, Jesusmaria, Motylek ist Musikseele ... hat alte russische Harmonika geholt, hat gespielt für Motylek ... hat Schwein gestohlen Vater Tomasz, aus PGR ... so viele Hunger ... ist eingesperrt Gefängnis Wrocław ... ist zurückgekommen nach halbe Jahr ... hat sich ertrunken in Fluß Biała-Lądecka ... bin ich gegangen zu Fluß Biała-Lądecka ... einen Tag, viele Tage ... bis ich gehört habe Harmonika von Vater Tomasz ... das war Überlebung von Musikseele Motylek ...

Sie schaut lange auf das Bild. Dann schaut sie Beni an und lacht wieder.

Janina Sie müssen essen noch eine Stück Schwarzwälder Kirsch, Sie müssen sein stark für Trauungszeremonie in Kirche.

Sie schiebt ihm einen Berliner hin.

Beni Thank you.

Janina zeigt auf die verbliebenen Süßigkeiten.

Janina Schwarzwälder Kirsch, bitte schön? Negerküsse vielleicht?
Beni Thank you very much.
Janina *lacht:* Bevor wir machen Trauungszeremonie, müssen wir regeln Frage von Mitgift.

Sie schaut sich im Raum um, holt den Plüschaffen und stellt ihn vor Beni. Beni schaut den Affen an, schaltet den Lichtschalter ein und aus und lacht.

Janina Demark 299 bei Kaufhof. Gehört jetzt Ihnen.

Sie macht eine dementsprechende Geste. Beni lacht und klatscht in die Hände.

Beni Thank you so much.

Sie lacht, kommt ihm nahe, er steht auf. Sie hakt sich bei ihm ein. Beni wird unruhig.

Janina Bei Ehe man muß schreiten zu Traualtar, würdevoll.

Sie lacht, zieht ihn ein wenig und geht mit ihm in Richtung Bett. Beni macht sich von ihr los und geht zurück zur Kochnische.

Janina Wenn Herr Beni Jaja wünschen, ist Traualtar neben Elektroherd. Gott ist überall, Bóg jest wszędzie.
Beni God?
Janina Gott.

Sie zeigt nach oben, senkt ihren Blick und bekreuzigt sich. Beni zeigt ebenfalls nach oben und lacht.

Beni God.

Er beginnt eine Melodie zu summen und bewegt sich im Rhythmus der Melodie. Er wird immer ausgelassener. Janina schaut ihm erstaunt zu. Beni singt ein Spiritual mit großer Fröhlichkeit.

Beni Glory, glory, hallelujah
When I lay my burden down
Glory, glory, hallelujah
When I lay my burden down.

It was poor little Jesus, yes yes
Wupt him up a mountain, yes yes
Hung him from a tree, yes yes
Wasn't that a pity and a shame?
Great God, wasn't that a pity and a shame?

Beni lacht, läuft zum Küchentisch und trommelt mit dem Besteck auf die Tischplatte. Janina schüttelt den Kopf und lacht.

Janina Wenn Sie sich so aufführen in polnische Kirche, Priester tät' Ihnen auferlegen schwere Buße.

Beni läuft zu ihr, klatscht einen Rhythmus mit den Händen.

Beni *singt:* Oh Lord! Oh Lord! *Er reißt die Arme hoch:* Hallelujha! Hallelujah! *Er bedeutet ihr, daß sie mitmachen soll.* Go on! Go on! *Er klatscht den Rhythmus und singt:* Oh Lord! Oh Lord! *Er reißt seine Arme in die Höhe.* Hallelujah! Hallelujah!
Janina *macht es zögerlich nach.* Hallelujah. Hallelujah.
Beni *klatscht und singt:* Oh Lord! Oh Lord!

Beide reißen ihre Arme in die Höhe.

Beni und Janina *gleichzeitig und sehr laut:* Hallelujah! Hallelujah!

Sie singen, klatschen und jubeln so lange miteinander, bis Janina völlig außer Atem ist.

Janina *lachend und keuchend:* Jesusmaria, hoffentlich tut Gott mir verzeihen diese Verrücktheit, in seiner unendlichen Güte.

Beni lacht. Sie schauen einander an, sie atmet schwer. Stille.

Janina In neunzehnhundertachtundsechzig, in Dom Kultury, Kulturhaus, war auch verrückt. In Samstag war Dancing, man hat gespielt »Do zakochania jeden krok«. (12)

Sie summt die Melodie des alten polnischen Schlagers. Plötzlich bekommt ihr Gesicht wieder diesen traurigen Ausdruck.

Janina In Anfang alles war Handkuß, aber mit Wein von Ribisel und mit Wodka von Kartoffel ist so häßlich geworden in Ende. *Sie schüttelt den Kopf:* Motylek! Motylek! Männer sind geworden sehr unappetitlich, haben hineingegriffen in Motylek.

Sie schüttelt den Kopf. Ein Kuckuck kommt aus einer der drei Kuckucksuhren.

Der Kuckuck Kuckuck!

Der Kuckuck verschwindet wieder.

Janina Muß ich Entschuldigung vorbringen für Auftritt von Kuckuck in diese Moment. Geht nach Präzision, nicht nach Gefühl, wie alles in Deutschland. Jetzt hab ich verloren roten Faden ...

Sie denkt nach.

Beni God?

Janina Danke schön. Bin ich gegangen in Kirche, hab ich ganze Geschichte gebeichtet Priester, Pater Franciszek Dzikowski, hat er mir gegeben Tröstung, erst mit Beispiele von Bibel, dann mit Eierlikör, hat er mich gebracht zu körperliche Liebe, hat er mir geschenkt Nylonstrümpfe und deutsche Kalender von lang gewesene Jahr, hat er gesagt, Leute in Miłosna nix dürfen erfahren, hab ich gesagt, und was ist mit Gott? Gott weiß und sieht alles. Der wird hinwegschauen in seiner grenzenlosen Güte, hat er gesagt. No, bitte schön. Hab ich geschaut in Kalender, Oktoberfest, Schwarzwald, Rhein, Hamburger Hafen, hab ich mich geträumt in deutsche Paradies.

Sie schaut ihn an. Er schaut sie an. Schweigen.

Janina Was fehlt in Paradies ist Liebe.

Sie hält ihm ihre behandschuhte Hand zum Handkuß hin. Beni schaut ihre Hand an und beginnt, den gestrickten Handschuh herunterzurollen. Sie wehrt sich.

Janina Heilige Jungfrau, bitte nicht. Darunter Schrecklichkeit, so große Schrecklichkeit.

Beni läßt sich nicht beirren und rollt ihren Handschuh weiter auf.

Janina *mit großer Angst:* In Wrocław, hab ich gestellt Ausreiseantrag, war ich gesteckt in Hanffabrik, in nasse Schicht. Hanf in Lauge. Hände in Lauge. Keine Handschuhe. Keine Handschuhe für Motylek. Gott im Himmel! Gott im Himmel!

Beni hat ihr beide Handschuhe abgenommen. Janinas Hände und Unterarme sind dunkelrot, mit Narben übersät. Sie hält ihre Unterarme hoch und wimmert. Beni streift seine Hemdsärmel hoch, er hebt die Unterarme und hält seine schwarzen Hände gegen ihre roten. Die beiden verbleiben in dieser Stellung und schauen einander an. Stille, lange Stille. Plötzlich fällt ihm Janina um den Hals und küßt ihm wild das Gesicht ab. Beni reißt sich von ihr los und wirft sie zu Boden. Sie kauert am Boden und schluchzt in sich hinein. Schweigen. Beni schaut sie an, geht zu ihr hin und will ihr hochhelfen. Janina wehrt ihn ab.

Janina Keine Bemühung. Das war gerechte Strafe für unerlaubte Anwandlung.

Sie steht mühsam auf, geht zum Tisch, setzt sich auf einen Stuhl, zieht ein Taschentuch aus ihrem Kleid und schneuzt sich. Beni beobachtet sie. Sie schaut ihn nicht an. Er geht zu ihr hin.

Beni *eindringlich:* Listen, Lady!

Sie schaut ihn nicht an. Schweigen. Beni nimmt die beiden Stühle, legt sie auf den Boden, mit den Stuhlbeinen zueinander. Er setzt sich zwischen die Stuhlbeine, es sieht aus, als wäre er in einem Käfig, einem Gefängnis. Er greift mit seinen Händen auf die Sitzflächen der Stühle und drückt sie an seinen Körper. Das »Gefängnis« wirkt noch enger.

Beni *aufgeregt zu Janina:* Listen, Lady. I was born in Bakana. As a child I was carried on the back of my mother. My father was a fisherman. We could catch the fish with our hands, so many fish ... (13a)

Janina dreht ihren Kopf in seine Richtung und sieht, wie er zwischen den Stuhlbeinen eingeklemmt ist. Sie steht auf. Beni wird immer aufgeregter, er schiebt die Stühle noch enger zusammen.

Beni The petroleum company has poisoned the river. All the fish died and also the soul of my father. He exploded the pipeline. He hid in the woods. The police, the armed forces could not find him. (13b)

Janina geht zu ihm hin und beobachtet ihn mit zunehmendem Erschrecken.

Beni I was in the High School in Okirika, a Baptist School. They fetched me from the school, took me to the prison of Port Harcourt. They asked me again and again and again, where is your father, where has your father hidden? I said nothing. (13c)

Er drückt die Stühle noch fester an seinen Körper. Er wird immer aufgeregter.

Beni They put me into a little, narrow cell with six people. No window, no bed, no table, no chair, no toilet. We let our water into a bottle, gave it to the attendant for emptying. We had to pay for this. (13d)

Ein Kuckuck fährt aus einer anderen Kuckucksuhr heraus und schreit.

Kuckuck Kuckuck!
Janina *schreit zurück:* Stul pysk! (14)

Der Kuckuck verschwindet. Beni drückt die Stühle mit Gewalt an seinen Körper und beginnt zu zittern.

Beni They took even more prisoners in the cell. We couldn't sleep at the ground any more, only squat, one next to the other. They fetched me from the cell to the interrogation. *Er schreit:* Where is your father? Where is your father? (13e)

Janina hält sich die Hände vors Gesicht.

Beni They shoved more prisoners in the cell. We couldn't sit any more, only stand, one leaned against the other. Where is your father? Where is your father? Still more prisoners came into the cell. They stuffed them in. We stood back to back, face to face. We let our water on the ground. We put our arms on the shoulders of the next, like lovers. But we did not love each other. The skin, the breath of the other filled us with disgust. We said in a quiet voice »brother in sorrow, brother in sorrow«. We could have chewed him, killed him, crunched him for a little more space. *Er schreit:* No one shall come too close to me any more! Where is your father? Where is your father? (13f)

Benis Kopf sinkt nach vor. Stille

Beni *leise:* Where is my father? (13g)

Langes Schweigen.

Janina *tief bewegt:* Habe ich englische Geschichte nicht verstanden, wegen polnische Schulsystem, ist mir aber gegangen tief in Herz.

Sie befreit ihn von den Stühlen, hilft ihm auf und bringt ihn zum Bett. Er läßt sich ins Bett fallen und starrt vor sich hin. Sie legt sich vorsichtig neben ihn. Zwischen den beiden sitzt die große Puppe mit der blonden Perücke. Schweigen. Beni dreht seinen Kopf zu Janina und schaut sie an. Sie lächelt ihn an. Er nimmt die kleine Okarina aus seiner Hosentasche und spielt die Melodie, die er im Abschiebegewahrsam gespielt hat. Sie hört zu und lächelt. Er setzt die Okarina ab.

Janina Nivea?

Beni lächelt. Janina zieht eine große Niveadose unter ihrem Kissen hervor, öffnet sie und schmiert Benis Gesicht mit Unmengen von Nivea ein. Beni läßt es geschehen. Schweigen. Es läutet an Janinas Wohnungstüre. Beni wird unruhig. Es läutet wieder, ein paar Mal.

Janina Wird sein polnische Nachbarin, Frau Stasia Łomińska, wegen ausgegangene Knoblauch. Jetzt Romantik, nix Knoblauch.

Stille. Es hat aufgehört zu läuten. Die beiden liegen nebeneinander, zwischen ihnen die Puppe mit der großen, blonden Perücke. Benis Gesicht ist voller Nivea.

Janina *lächelnd:* Jetzt wir sind echte deutsche Familie. Niemand mehr kann sagen, weg, wird's bald, Tempo, Beeilung.

Eine Axt fährt mit großem Krach durch die Wohnungstüre. Die beiden starren zur Türe, in der die Axt steckt. Die Wohnungstüre wird aufgebrochen und zersplittert. Ein mobiles Einsatzkommando der Polizei, bestehend aus vier Männern in Uniform, stürmt in den Raum. Die Polizisten richten ihre Waffen auf die beiden. Beni und Janina sitzen erstarrt im Bett. Der Polizeipräsident von Berlin, diesmal in Anzug und Krawatte, kommt in den Raum und bleibt vor dem Bett stehen.

Der Polizeipräsident *zu Beni:* Ich verhafte Sie wegen versuchten Totschlags.

Er sieht Benis niveaverschmiertes Gesicht.

Der Polizeipräsident *etwas unsicher:* Sie sind es doch?
Beni *erwacht aus seiner Erstarrung und schreit:* Ich liebe dieses Land!

Der Polizeipräsident Er ist es.

Die Polizisten stürzen sich auf Beni. Beni schreit wie ein Verrückter und schlägt um sich. Die Polizisten halten ihn fest.

Beni *schreit:* Ich liebe dieses Land! Ich liebe dieses Land! Ich liebe dieses Land! Ich liebe dieses Land! Ich liebe die...

Die Polizisten verkleben ihm den Mund mit einem Klebeband. Sie führen ihn ab. Der Polizeipräsident folgt ihnen. Alles geht sehr schnell. Janina sitzt aufrecht im Bett und starrt auf die eingeschlagene Türe. Sie greift langsam zur Okarina, führt sie an ihren Mund und bläst wie wild hinein. Es klingt, als wären es Schreie. Ende des zweiten Aktes.

3. Akt

Eine Zelle im Strafvollzugsgefängnis, ein mittelgroßer Raum: an den kahlen Wänden hängen drei hochgeklappte Eisenbetten, ansonsten zwei Bänke, eine Nische mit WC, sonst nichts. Am oberen Ende einer Zellenwand, knapp unter dem Plafond, befindet sich ein kleines Fenster zum Innenhof des Gefängnisses. Es ist offen. Die eiserne Zellentüre ist verschlossen, sie hat eine Luke. Auf einer der beiden Bänke sitzen Beni Jaja und ein sehr kleiner Mann mit schwarzgefärbten Haaren, er wirkt alterslos, seine Beine reichen nicht bis zum Boden. Auf der anderen Bank sitzt ein ungefähr fünfundvierzigjähriger Mann mit kurzen weißen Haaren, einer Goldrandbrille und einem Dreitagesbart. Beni und der kleine Mann haben Anstaltskleidung an, der dritte Mann nicht. Beni und der Mann mit der Goldrandbrille starren vor sich hin. Der kleine Mann schaut von einem zum anderen. Schweigen.

Der kleine Mann *mit leicht ungarischem Akzent:* Meine Herren, wenn wir uns nicht ein wenig unterhalten, werden die nächsten zwanzig Jahre noch länger werden.

Die beiden anderen reagieren nicht.

Der kleine Mann Ich weiß sehr wohl, welche Unterhaltung man mit kleingewachsenen Menschen wie mir in Verbindung bringt, und ich bin gerne bereit, Ihnen diese zu bieten, obwohl ich etwas aus der Übung bin, nicht wahr?

Der kleine Mann springt von der Bank und macht artistische Nummern vor. Manchmal gelingt es ihm, manchmal mißlingt es ihm. Er wiederholt die mißlungenen Nummern. Er verbeugt sich, weder der Mann mit der Goldrandbrille noch Beni reagieren auf ihn.

Der kleine Mann Nun sind Sie dran, meine Herren.

Die beiden reagieren nicht. Durch das offene Fenster zum Innenhof hört man, aus weiter Entfernung, Töne aus einer Okarina, ohne jede Melodie. Sie klingen wie entfernte Schreie. Beni lauscht, springt auf, stößt den kleinen Mann von der Bank, schiebt in aller Eile die Bank unters Zellenfenster, steigt auf die Bank und versucht, das Fenster zu erreichen. Es gelingt ihm nicht.

Der kleine Mann Darf ich Ihnen meine Hilfe antragen?

Der kleine Mann will an Beni hochklettern, Beni stößt ihn von sich. Beni lauscht. Die Töne aus der Okarina verstummen wieder. Stille. Beni steigt von der Bank, setzt sich nieder und starrt vor sich hin. Der Mann mit der Goldrandbrille hat nicht die geringste Notiz vom ganzen Vorgang genommen. Schweigen. Der kleine Mann schaut abwechselnd zu Beni und zum Mann mit der Goldrandbrille.

Der kleine Mann Es dreht sich doch alles um die Liebe, nicht wahr? Die Liebe ist unser Glück und unser Unglück. Nehmen Sie mein Schicksal. Ich begann eine Korrespondenz mit einer Frau aus Linz an der Donau, aufgrund eines Inserates. Von Brief zu Brief wurden meine Worte eindringlicher, begehrlicher. Ich schrieb ihr die Wahrheit, daß ich ein kleiner Mann sei, nicht einmal einen Meter fünfzig groß. Sie schrieb mir mit einfühlsamen Worten zurück, daß dies für sie kein Problem sei, daß alles in Ordnung sei. Sie können sich meine Freude vorstellen, nicht wahr? Wir vereinbarten ein Treffen am Münchner Hauptbahnhof, Bahnsteig 29, sie sollte mit dem »Wiener Walzer« aus Linz kommen, ich aus Ulm. Ich sollte die übliche rote Rose in der Hand halten. Ich stand mit der Rose am Bahnsteig 29, der »Wiener Walzer« fuhr ein, mein Herz schlug zum Zerbersten, die Menschen stiegen aus, aus der Menge löste sich eine Frau, sie ging lächelnd auf mich zu, und mein eben noch wild klopfendes Herz schien in der Sekunde stillzustehen. Die Frau war sehr klein, maximal zwei oder drei Zentimeter größer als ich. Eine entsetzliche Enttäuschung, ein Betrug, eine Katastrophe, nicht wahr?

Er wartet auf die Reaktion der beiden anderen, es kommt keine.

Der kleine Mann Ich lief davon, sprang in den nächstbesten Zug, sperrte mich ins WC ein, hörte, wie der Zug losfuhr, in irgendeine Richtung, und verließ das WC nach etwa einer Stunde. Mein Herz, welches vor kurzer Zeit noch ein pochendes, dann ein stillstehendes war, war nun ein gebrochenes. Ich hatte mir nichts sehnlicher gewünscht als eine Frau, zu der ich aufschauen kann, nicht wahr?

Er schaut Beni und den Mann mit der Goldrandbrille an. Beni schaut zum Zellenfenster. Der Mann mit der Goldrandbrille starrt vor sich hin.

Der kleine Mann Die Welt betrügt mich, und ich betrüge die Welt. Ich kann mit einiger Berechtigung von mir sagen, daß es keinen Betrug gibt, den ich nicht versucht habe. Darf ich Sie beide auf ein Hütchenspiel einladen?

Er wendet sich an Beni, Beni reagiert nicht. Der kleine Mann geht zum Mann mit der Goldrandbrille.

Der kleine Mann Sie?

Der Mann mit der Goldrandbrille reagiert nicht, er starrt vor sich hin. Der kleine Mann betrachtet ihn aufmerksam.

Der kleine Mann Ist es möglich, mein Herr, daß ich Ihr Antlitz aus den Gazetten kenne? Diese aufsehenerregende

Bankgeschichte? Ein Vorstandsmitglied betrügt seine eigene Bank. Wie hoch war die Summe? Hundert Millionen? Zweihundert Millionen?

Der Mann mit der Goldrandbrille reagiert nicht, er starrt nur vor sich hin.

Der kleine Mann Bankbetrügereien, muß ich aufrichtig gestehen, sind mir leider nicht gegeben. Ich versuchte, einen Geldautomaten zu knacken, hatte alle technischen Vorbereitungen dafür getroffen, aber die Höhe des Automaten erlaubte es mir leider nicht, ihn ohne Zuhilfenahme eines Stuhles zu erreichen. Sie können sich denken, daß ein Zwerg auf einem Stuhl, der einen Geldautomaten zu knakken versucht, von vornherein zum Scheitern verurteilt ist, nicht wahr?

Schweigen. Der kleine Mann geht wieder zurück zur Bank, hüpft auf diese und rückt Beni etwas näher. Beni rückt ein Stück von ihm weg.

Der kleine Mann Und Sie, mein Herr, der Sie aus einem anderen Teil der Erde zu uns gestoßen sind, was ist Ihr Schicksal? Haben Sie uns nichts zu erzählen?

Plötzlich springt der Mann mit der Goldrandbrille auf und schreit.

Der Mann mit der Goldrandbrille Ich halte das nicht mehr aus! Ich halte das nicht mehr aus!

Der Mann mit der Goldrandbrille läuft zur Zellentüre und trommelt mit seinen Fäusten gegen diese. Die Luke in der Gefängnistüre öffnet sich. Das Gesicht eines Justizwachtmeisters erscheint in der Luke.

Der Justizwachtmeister Beruhigung kostet 10 Mark. Tiefschlaf 20. Happypills 100.

Der Mann mit der Goldrandbrille *schreit:* Ich habe schon alles bezahlt! Alles bezahlt! Alles bezahlt! Der Vorstand der Deutschen Bank hat alles genommen! Ich habe die deutsche Regierung bezahlt! Hat bei mir gesoffen! In meiner Chartermaschine! Alles zerronnen! Alles zerronnen! Alles zerronnen! Der ganze Kopf zerronnen! Von oben nach unten! Auf den Teppich! Die Bankaufsicht! Die Bankaufsicht hat gekotzt! Den ganzen Dreck! Auf den Teppich! Ehrenwort! Ehrenwort! Sag dem Minister, er soll sich meine Parteispende unter die Vorhaut schieben! Die Vorhaut! Eichel! Eichel! Die Haut! Die Haut! Lampenschirme! Vergasen! Alle vergasen! Mein lieber Fritz! Nicht die Kinder! Nicht die Kinder …

Er läuft zurück zu seiner Bank, setzt sich, nimmt seine Goldrandbrille ab und beginnt zu schluchzen. Der kleine Mann springt von seiner Bank, geht zu ihm hin und streckt die Hand aus, nach Geld. Der schluchzende Mann setzt die Brille wieder auf, schaut den kleinen Mann und dessen ausgestreckte Hand an. Er stülpt seine Hosentaschen nach außen, sie sind leer. Der kleine Mann geht zur offenen Luke, nimmt einen Geldschein aus seiner Tasche und legt ihn auf die Lukenklappe. Der Justizwachtmeister nimmt das Geld, wirft eine Pille in die Zelle und verschließt die Luke. Der Mann mit der Goldrandbrille stürzt sich auf die Pille und verschluckt sie. Er setzt sich wieder auf seine Bank und starrt vor sich hin. Durch das offene Fenster zum Innenhof hört man, aus einiger Entfernung, die Rufe: »Beni, Beni!«. Beni springt auf, schiebt in aller Eile die Bank unters Zellenfenster, steigt auf die Bank und versucht wieder, das Fenster zu erreichen. Trotz größter Anstrengung gelingt es ihm nicht. Die Rufe kommen näher. Der kleine Mann steigt auf Benis Bank und klettert auf artistische Art und Weise an Beni hoch. Beni will ihn abwehren.

Der kleine Mann Sträuben Sie sich nicht. Ich wollte schon immer über mich hinauswachsen.

Die Rufe werden leiser und verstummen. Der kleine Mann steht auf Benis Schultern und schaut durch das Fenster.

Beni *voller Aufregung:* Janina? Janina?
Der kleine Mann Tut mir leid, daß ich Sie enttäuschen muß. Da ist niemand. Ich hätte Ihnen gerne eine Janina beschrieben, aber ich sehe keine.

Der kleine Mann klettert von Benis Schultern. Beni steigt von der Bank, setzt sich und hält sich die Hände vors Gesicht. Der kleine Mann setzt sich neben ihn und beobachtet ihn. Der Mann mit der Goldrandbrille schläft und schnarcht. Beni läßt die Hände sinken und starrt vor sich hin. Langes Schweigen.

Der kleine Mann Bitte sprechen Sie mit mir, ich kann das Schweigen nicht ertragen.

Schweigen.

Der kleine Mann Bitte.

Beni dreht sich ein wenig zu ihm hin und schaut ihn an.

Der kleine Mann *beinahe flehentlich:* Nur einen Satz.
Beni *leer:* Ich liebe dieses Land.
Der kleine Mann *lacht kurz auf:* Diese Liebe müssen Sie mir erklären.
Beni English?
Der kleine Mann Englisch, Französisch, Italienisch, Spanisch, Ungarisch, selbst mit Gypsies unterhalte ich mich fließend, nicht wahr? Speak on.
Beni *leise:* I spent two years in a prison, I didn't say a single word. (15)

Der kleine Mann I spent six years in different prisons. I talk all the time. Forgive the interruption. Speak on. (16)
Beni After my release I worked in Port Harcourt, as a cargo-porter. I wanted to get away from Nigeria, far away. (17)

Schweigen.

Der kleine Mann Please, speak on.
Beni *nach einer Pause:* I got to know a German sailor, a kind man. He advised me to go to Germany, Germany is a wonderful country. I wouldn't understand the language of this country, I answered. Oh, he answered laughing, if anyone wants something from you, then simply say »I love this country. Ich liebe dieses Land« and they will also love you. He had been away from Germany twenty years. (18)

Beni schweigt.

Der kleine Mann Your love was not returned? (19)

Beni schweigt. Der Mann mit der Goldrandbrille schnarcht. Durch das offene Zellenfenster hört man einzelne Worte. Beni springt auf und steigt auf die Bank.

Der kleine Mann Wir wiederholen die Fensternummer.

Er klettert mit großer Geschwindigkeit an Beni hoch, steigt auf dessen Schultern und schaut durch das Fenster. Man hört einzelne Worte aus dem Innenhof, aber man kann ihren Sinn nicht verstehen.

Der kleine Mann Da ist eine Frau im Innenhof. Keine erfundene, eine wirkliche. Sie ruft einen Satz, aber er ergibt keinen Sinn …
Beni *voller Aufregung:* Janina! Janina!

Der kleine Mann beugt sich, so weit er kann, aus dem Fenster. Er lauscht. Er zieht seinen Kopf wieder zurück.

Der kleine Mann Ein merkwürdiger Satz.

Er schaut, auf Benis Schultern stehend, zu ihm hinunter und wiederholt, Wort für Wort, den Satz.

Der kleine Mann Meister Proper ist jetzt bei Aldi dreißig Pfennig weniger.

Beni *fröhlich:* Ich liebe dieses Land.

Ende des Stückes.

Übersetzungen

(sofern sie nicht aus dem gesprochenen Text hervorgehen)

1. Akt

(1) Landwirtschaftliche Genossenschaft
(2) Bist du ein Mensch? Was bist du für ein Mensch? Du bist ein schlechter Mensch.
(3) Kein Meister ist vom Himmel gefallen.
(4) Es tut mir leid, ich kann Sie nicht verstehen.
(5) Grundschule
(6) Berufsschule
(7) Provinzstadt im Südosten Nigerias
(8) Gott soll dich strafen!
(9) Mutter Gottes!
(10) Schlaf Beni, schlaf süß.
Dein Haus soll meiden
Böse Träume von zerschlagenen Puppen
Und Hampelmännern ohne Arme und Beine.
Vor deinen Fenstern und Türen
Hält Wache die dunkle Nacht.
Schlaf Beni, schlaf süß.

2. Akt

(11) Gott erbarme sich seiner Seele.
(12) Zum Verlieben nur ein Schritt.
(13 a-g) Hören Sie zu, Lady. Ich wurde in Bakana geboren. Als Kind war ich auf dem Rücken meiner Mutter. Mein Vater war ein Fischer. Wir konnten die Fische mit unseren Händen fangen, so viele Fische. Die Öl-

gesellschaft hat den Fluß vergiftet. Die Fische starben, und die Seele meines Vaters starb auch. Er sprengte die Pipeline in die Luft. Er versteckte sich im Wald. Die Polizei, das Militär fanden ihn nicht. Ich war in der High School in Okirika, einer baptistischen Schule. Sie holten mich aus der Schule, brachten mich ins Gefängnis nach Port Harcourt. Sie fragten mich immer wieder, wo ist dein Vater, wo hat sich dein Vater versteckt? Ich sagte nichts. Sie steckten mich in eine kleine, enge Zelle mit sechs Leuten. Kein Fenster, kein Bett, kein Tisch, kein Stuhl, kein Klosett. Wir ließen unser Wasser in eine Flasche, gaben sie dem Wärter zum Ausleeren. Wir mußten dafür bezahlen. Sie brachten noch mehr Gefangene in die kleine Zelle. Wir konnten nicht mehr auf dem Boden schlafen, nur hocken, einer neben dem anderen. Sie holten mich aus der Zelle zum Verhör. Wo ist dein Vater? Wo ist dein Vater? Sie schoben immer mehr Gefangene in die Zelle. Wir konnten nicht mehr sitzen, nur noch stehen, einer an den anderen gelehnt. Wo ist dein Vater? Wo ist dein Vater? Noch mehr Gefangene kamen in die Zelle. Sie stopften sie hinein. Wir standen Rücken an Rücken, Gesicht an Gesicht. Wir ließen unser Wasser auf den Boden. Wir legten die Arme auf die Schultern des anderen, wie Liebende. Aber wir liebten uns nicht. Wir ekelten uns vor der Haut, vor dem Atem des anderen. Wir sagten mit leiser Stimme, Bruder im Leid, Bruder im Leid. Wir hätten ihn am liebsten getötet, zerbissen, zermalmt für ein wenig mehr Platz. Niemand soll mir mehr zu nahe kommen. Wo ist dein Vater? Wo ist dein Vater? Wo ist mein Vater?

(14) Halt's Maul

3. Akt

(15) Ich verbrachte zwei Jahre in einem Gefängnis, ich sagte kein Wort.

(16) Ich verbrachte sechs Jahre in verschiedenen Gefängnissen. Ich rede immer. Verzeihen Sie die Unterbrechung. Sprechen Sie weiter.

(17) Nach meiner Entlassung arbeitete ich im Hafen von Port Harcourt, als Lastenträger. Ich wollte weg aus Nigeria, weit weg.

(18) Ich lernte einen deutschen Matrosen kennen, ein freundlicher Mann. Er riet mir, nach Deutschland zu gehen, Deutschland sei ein wunderbares Land. Ich würde die Sprache dieses Landes nicht verstehen, antwortete ich. Oh, antwortete er lachend, wenn einer etwas von dir will, dann sag einfach, ich liebe dieses Land, ich liebe dieses Land, und sie werden dich auch lieben. Er war zwanzig Jahre von Deutschland weg.

(19) Ihre Liebe wurde nicht erwidert?

Materialien

Brief an den Verleger

18. 2. 2001

Lieber Jürgen Drescher!

Wenn Sie mich fragen, was die Quintessenz meines neuen Stückes ist, dann antworte ich Ihnen auf die einfachste Weise: Alle Ausländer wollen nach Deutschland rein, alle Deutschen wollen aus Deutschland raus.

Schöne Grüße aus Retz.

Ihr Peter Turrini

Drei junge ausländische Mädchen mit Kopftuch inmitten einer Menschenmenge vor dem Berliner Reichstag.

»Bierflaschendeich« am »Ballermann 6« (El Arenal/Mallorca), errichtet von deutschen Touristen.

Brief an Claus Peymann

3.3.2000

Herrn
Claus Peymann
Berliner Ensemble

Bertolt Brecht Platz
D – 10117 Berlin

Lieber Claus!

Es war schön, Sie in Wien zu treffen. Daß der Koch Sie nach dem Essen gefragt hat, ob er wohl gut genug für Sie gekocht habe, müssen Sie als eine der höchsten Auszeichnungen nehmen, welche die österreichische Republik zu vergeben hat. In Deutschland marschiert eine Ehrenkompanie der Bundeswehr auf, in Österreich kommt der Koch an den Tisch.

Mit dem Stück, welches ich für Ihr BE schreibe, geht es gut voran. Ich bin jetzt an jener Stelle, an welcher der Schwarze kein Schwarzer mehr ist und die Polizisten alle zu Schwarzen werden. Das ist kein Theaterwitz, sondern entspricht einer tiefen (österreichischen) Erfahrung: Hinter jedem Österreicher steckt nämlich ein anderer, ein Tscheche, ein Ungar, ein Slowene, ein Italiener, ein Kroate undsoweiter. Die Österreicher geben sich nur als Österreicher aus, sind aber keine. Als ich als junger Schriftsteller mit einem slowenischen Schriftstellerkollegen in einem Kärntner Gasthaus saß und dieser slowenische Schriftsteller Slowenisch sprach, schimpfte vom Nebentisch ein etwas betrunkener Kärntner Bauer her: Hier werde deutsch gesprochen! Der Bauer redete sich in einen immer größeren Wirbel hinein, dies sei ein deutsches Land, hier habe das Slowenische keinen Platz, Kärnten sei immer deutsch gewesen undsoweiter. Die letzten Sätze sprach er bereits auf Slowenisch. Herr Waldheim, unser ehemaliger Bundespräsident, hieß ja in Wahrheit Watzlawik und ließ sich kurz vor dem Einmarsch Hitlers auf Waldheim umtaufen. Herr Westenthaler, der derzeitige Fraktionschef der Haiderpartei, hieß noch vor ein paar Jahren Hojac, auf die Frage, warum er sich jetzt Westenthaler nenne, antwortete er, er wolle sein Fortkommen nicht behindern. Ganz Österreich hat sich umtaufen lassen, damit sein Fortkommen nicht behindert wird.

Und in Deutschland? Wer steckt eigentlich hinter den Deutschen? Deutsche?

Ich grüße Sie und Ihre Mischpoche sehr herzlich und dichte unter meinem italienischen Namen weiter,

Ihr Peter Turrini

Erster Stückentwurf von »Ich liebe dieses Land«

Februar 1999

Ein Mann mittleren Alters kommt auf die leere Bühne, er setzt sich auf einen Stuhl. Er hat ein seltsames, schönes Instrument mit und legt dieses auf den Boden. Er nimmt eine Dose mit schwarzer Schminke und schminkt sein Gesicht schwarz. Er erzählt in wunderschönem Deutsch, wie in einem epischen Lied, daß er aus einem afrikanischen Land komme, daß in diesem Land der Bürgerkrieg herrsche, daß Mangel an allem sei. Die Felder würden verdorren, es herrsche Hunger, auf jedes Schiff wollten Tausende, um zu fliehen. Nur dieses Instrument, das er mit sich führe, mit sich trage, gebe es im Überfluß. Er habe sein Land verlassen und sei in dieses Land gekommen, er habe einen einzigen Satz in deutscher Sprache auswendig gelernt, dieser laute: »Ich liebe dieses Land«. Und als er illegal über die Grenze gegangen sei, habe er immer wieder diesen Satz gesagt. Sie hätten ihn in diesen Raum, in dieses Gefängnis gebracht, von welchem aus sie ihn wieder zurückschicken wollten. Aber er liebe Deutschland, und er habe diesem Land etwas Schönes zu schenken: das Instrument, das er mit sich führe. Denn er habe gehört, daß es in diesem Lande dieses Instrument nicht gebe, und während es bei ihm zu wenig Brot, zu wenig Autobusse, zu wenig Schiffe, zu wenig Freiheit gebe, gebe es hierorts zu wenig Instrumente. Und er sei in dieses Land, das er so sehr liebe, gekommen, um dieses Instrument zu verbreiten.

Jetzt habe er fürchterliche Magenschmerzen und müsse nach Hilfe schreien. Ein deutscher Polizist kommt auf die Bühne und fragt ihn, in einer für den Zuschauer völlig unverständlichen Sprache, einer afrikanischen Sprache, was denn hier los sei? Warum er so schreie? Er liebe dieses Land, antwortet der

Schwarze, aber jetzt habe er fürchterliche Magenschmerzen und brauche einen Arzt. Er würde sich vor Schmerzen krümmen. Der Polizist antwortet, in der afrikanischen Sprache, er würde kein Wort verstehen, und dies sei kein Sanatorium, sondern ein deutsches Gefängnis. Der Polizist verläßt den Raum wieder. Der Schwarze erzählt weiter vom Land seiner Liebe, er wisse ganz genau, wie dieses Land seiner Liebe aussehe, sagt er und beginnt, ein Deutschland zu beschreiben, das sich mehr und mehr als ein Land unser aller Sehnsüchte entpuppt. Einen Ort, an dem noch niemand war und an den wir alle gerne möchten. Er beschreibt nicht nur die Sehnsüchte eines Schwarzen nach einem westlichen Land, sondern unsere Sehnsüchte nach einer anderen Form des Lebens. Zwischendurch krümmt er sich vor Schmerzen, ruft um Hilfe, immer wieder kommt der Polizist und sagt ihm, auf afrikanisch, daß er ihn nicht verstehen würde und daß er endlich den Mund halten solle. Am Ende seines großen epischen Liedes stirbt der Schwarze, fällt vom Stuhl, und erst ab diesem Zeitpunkt wird die Szene prächtig: Der Himmel tut sich auf, es ist ein Negerhimmel, der liebe Gott ist schwarz, Maria ist schwarz, Jesus ist schwarz, die Engel sind schwarz, Petrus ist schwarz, lauter Schwarze, die ihn alle mit einem großen Chor, mit dem Absingen von Chorälen, in den schwarzen Himmel führen. Der Polizist kommt auf die Bühne, sieht den leeren Stuhl, nimmt das Instrument und versucht, darauf zu spielen.

Turrini und Kärnten
Brief an den Bürgermeister von Maria Saal

Retz, am 14. 1. 2000

Geschätzter Herr Bürgermeister!

Sie haben die Mühe auf sich genommen, mich zum Ehrenbürger von Maria Saal zu machen, und es war doch vergebens: die Mehrzahl der Gemeinderäte wollte es nicht, und ich will es auch nicht. Ich bin nicht Schriftsteller geworden, um ein Geehrter zu sein, sondern ein Gelesener. Und außerdem: Ehrenbürgerschaften und Ehrennadeln und Titel und Orden sind die Vorstufen des Ehrengrabes, und um dieses möchte ich einen sehr weiten Bogen machen.

Meine Gegner haben schon recht, wenn sie sagen, ich hätte zuwenig für meinen Heimatort geleistet. Ein Schriftsteller dient keinem Ort, sondern dem, was er für die Wahrheit hält. Ich habe in vielen Gedichten meine Kindheit in Maria Saal beschrieben, die Demütigungen, aber auch die Zuwendungen, die ich dort erfahren habe. Dieses Dorf ist unauslöschlich in mir: als etwas sehr Schönes und als etwas Bedrohliches.

Seien Sie trotzdem für Ihre Mühe bedankt und herzlich gegrüßt

von Ihrem Peter Turrini

Der fünfjährige Peter Turrini auf einem Kärntner Berg (1949).

Brief an den Bürgermeister von Wolfsberg

14. 1. 2000

Lieber Doktor Seifried!

Ich komme gerade aus Berlin, von den ersten aufregenden Peymanntagen am Berliner Ensembletheater und finde u. a. Ihren Brief vor, über den ich mich wirklich gefreut habe, weil er eine sehr noble Geste enthält: Sie versuchen, die Engstirnigkeit und Kleinlichkeit der anderen durch Ihre Großzügigkeit wettzumachen, indem Sie mir die Ehrenbürgerschaft von Wolfsberg anbieten. Aber glauben Sie mir, lieber Seifried, es gibt nichts wettzumachen, die Verletzungen unserer Kindheit sind unauslöschbar, die Pflaster der späteren Jahre verkleben nur die Narben. Wir bleiben Erdulder und Entfacher der Hölle, was immer wir an Titeln und Ehrungen und Besitz anhäufen: es brennt!

Seien Sie herzlich gegrüßt und bedankt für die schönen Bilder. Kann ich Ihre Großzügigkeit – in ruhigeren Zeiten – mit einer Gratislesung beantworten?

Ihr Peter Turrini

Brief an Jörg Haider

14. 1. 2000

Herrn
Dr. Jörg Haider
Landeshauptmann

Arnulfplatz 1
9021 Klagenfurt

Sehr geehrter Herr Dr. Haider!

Sie haben mir einen persönlichen Brief geschrieben, in dem Sie mich fragen, wann wir uns zu einem Gespräch zusammenfinden können. Ich möchte Ihnen persönlich antworten, schon aus Gründen der Höflichkeit. Es ist durchaus nicht meine Art, Feindschaften zu kultivieren, aber es ist mir – beim Stand der Dinge – unmöglich, mich mit Ihnen zu treffen.

Ich möchte versuchen, Ihnen meine Haltung zu erklären. Ihre Partei bekriegt und verhöhnt mich seit Jahren. Ich rede nicht von der Austragung unterschiedlicher politischer Auffassungen. Ich zähle mich auch nicht zu den guten und Ihre Parteigänger zu den schlechten Menschen; die Seele ist nicht nur ein weites Land, sondern auch ein vermischtes: Da hokken das Gute und das Böse in ein und derselben Seele erstaunlich nahe beieinander.

Ich rede von kontinuierlicher Verleumdung durch Ihre Partei, und ich möchte Ihnen dafür ein paar Beispiele anführen: Als ich die Rede zur Eröffnung des Bruckner-Festivals hielt, verteilten Ihre Parteigänger vor der Bruckner-Halle gelbe Zettel mit teilweise falschen Zitaten aus meinen Stücken und der Aufforderung, mir das Reden zu verbieten. Ich lebe seit Jahren in einer niederösterreichischen Kleinstadt, meine Nachbarn, meist kleine Weinbauern, sind mir mit der Zeit näher gekommen und ich ihnen. Es sind Freundschaften entstanden. Dann kommen Postwurfsendungen Ihrer Partei und in diesen steht, daß ich riesige Summen von Subventionen für meine Literatur bekomme. Ich spüre die Verwirrung und Distanzierung meiner Nachbarn und Freunde und habe Mühe, ihnen diese Verleumdungen auszureden. Ich besuche eine Wahlveranstaltung Ihrer Partei am Karmelitermarkt und höre den Redner sagen, daß der rote Minister die Steuergelder der anwesenden kleinen Leute für meine perversen Theaterstücke ausgeben würde. Ich sage es den Umstehenden, und ich sage es immer wieder in Interviews, daß dies nicht wahr ist, daß ich von meinen Einkünften als Schriftsteller lebe und nicht von Subventionen, daß eine Theatersubvention dem Theater zukommt und nicht dem Theaterautor, aber die Verleumdungen, die so leicht hingesagten und so schwer korrigierbaren, sind stärker.

Um all das auszuhalten, müßte man eine Elefantenhaut haben, aber unter einer solchen kann man keine Theaterstücke, keine Gedichte schreiben. Und jetzt kommen Sie und wollen ein persönliches Gespräch führen, gerade so, als sei nichts gewesen. Aber es ist zuviel gewesen. Es gibt Unvereinbarkeiten im Leben, die man aushalten muß, über die man nicht einfach hinwegspringen kann.

Mit freundlichen Grüßen

Peter Turrini

Interview mit Henryk M. Broder

März 2000

Broder: Herr Turrini, »Gehen oder Bleiben« war das Motto einer Künstler-Debatte im Burgtheater, bei der auch ein Text von Ihnen verlesen wurde. Wollen Sie auswandern?

Turrini: Ich denke nicht daran. Die Künstler in Österreich waren immer privilegiert, und zwar durch hohe Aufmerksamkeit, jetzt mischt sich diese Aufmerksamkeit mit Aggression, mit Künstlerhaß, da rennt man doch nicht davon. In meinem Paß stand unter der Rubrik »Beruf« immer Heimatdichter, jetzt bin ich noch eine Spur heimattreuer geworden. Wenn jemand das Land verlassen soll, dann sind es Herr Haider und seine Partei. Ich bleibe hier, denn schließlich trage ich ja einen typisch österreichischen Namen: Turrini.

Wie erklären Sie sich Haiders Erfolg, den viele Ihrer Kollegen nicht verstehen können oder wollen?

Es ist vor allem der Erfolg eines nicht ganz untalentierten Schauspielers. Erlauben Sie mir einen kurzen historischen Ausflug. Nach dem Zweiten Weltkrieg teilten die beiden Großparteien ÖVP und SPÖ das Land untereinander auf. Sie stellten jedem ehemaligen Nazi einen Persilschein aus, wenn er nur bereit war, ein rotes oder schwarzes Parteibuch zu beantragen. Er mußte nur die Kopfbedeckung, den Stahlhelm mit dem Trachtenhut tauschen, schon war er Demokrat. So merkwürdig das klingen mag: diejenigen Nazis, die zu diesem schnellen Kostümwechsel unfähig waren, blieben draußen vor der Tür. Für diese »Aufrechten« und Ewiggestrigen wurde eine eigene Partei gegründet, die VdU, aus der später die FPÖ wurde. Sie war eine freie Gruppe, welche im Staat nicht mitspielen durfte.

... praktisch und metaphorisch ...

Mehr praktisch als metaphorisch. War die VdU eine Partei, welche jene aufnahm, die nicht in den neuen Staat durften oder wollten, so ist die FPÖ eine Partei, die alle aufnimmt, die nicht in die Staatstheater dürfen. Jörg Haider, der in seiner Jugend an mehreren Theatern versucht hatte, ein Engagement zu kriegen, und abgewiesen wurde, versammelte fortan alle Abgewiesenen, alle Mühseligen und Beladenen. Als eine Fernsehmoderatorin im ORF gekündigt wurde, saß sie drei Tage später im Parteivorstand der FPÖ. Als Peymann keine Stücke mehr von Peter Sichrovsky spielen wollte, ging letzterer in die Haiderpartei. Als Herr Mölzer mit seinen Romanen, die er im Selbstverlag herausgab, finanziell scheiterte, wurde er Haiders Kulturberater. In den fünfziger und sechziger Jahren waren die »Ehemaligen« die Deklassierten, heute sind es andere.

Rund 35 Prozent der Jungwähler haben Haider gewählt.

Sie haben recht. Viele junge Leute lieben Jörg Haider. Meine Kärntner Freunde erzählen mir, daß Jörg Haider jede Nacht durch die Kärntner Discos geht, junge Leute mit dem Du-Wort anredet, ihnen seine Visitenkarte überreicht und sagt, sie könnten ihn jederzeit anrufen. Kärnten hat die höchste Arbeitslosenrate von ganz Österreich, doch Haider diskutiert keine politischen Lösungen, er begründet Männerfreundschaften, er schafft Vertrautheiten. Er schaut den verlorenen Kindern in die Augen und spielt ihnen den Bruder, den Freund, den Vater vor. Und die Bauern befreit er vom EU-Joch, und die Arbeiter befreit er von den ausländischen Arbeitskräften, und die Oma befreit er vom Ischias, und die freie Gruppe wächst und wächst.

Politik als Fortsetzung der Schauspielerei mit anderen Mitteln?

Alle Schauspieler sind Lügner, und die großen Schauspieler sind die größten Lügner. Das müssen sie auch sein, wie sollen sie sonst ständig ein anderer sein? Schauspieler geben ihrem Gegenüber immer das Gefühl der Übereinstimmung. Die Rollen wechseln, das Publikum wechselt, die Regisseure wechseln, aber mit allen hatten sie eine tolle Zeit. Jeder, der mit Haider redet, hat nachher das Gefühl, zutiefst von ihm verstanden zu werden. Es ist Theater, was da abläuft, und deshalb wird alles immer irrationaler: für Haiders Anhänger, die Mitglieder der freien Gruppe, ist er ein Heilsbringer, der alle Probleme, die persönlichen und die beruflichen, lösen wird, und für seine Gegner ist er die Inkarnation des Unheils. Alles Böse geht von Haider aus. Diese Verteufelung ist ebenso lächerlich wie seine Glorifizierung.

Wie lange kann man mit dieser Methode in der Politik bleiben?

Ich fürchte, sehr lange. Es ist Haiders Ziel, wie es das Ziel jedes Schauspielers ist, daß seine Gemeinde wächst und wächst. Er muß immer etwas Neues spielen, immer neue und immer mehr Rollen auf den Spielplan setzen. Als er vor zwanzig Jahren begann, waren sein Publikum ein paar greise SS-Angehörige. Von diesem Publikum konnte keine freie Gruppe auf Dauer leben, also kamen die Arbeiter, die Unternehmer, die Jugendlichen, die Greißler und die Bergsteiger dazu. Ich denke, daß Haider in absehbarer Zeit in Mauthausen, einem ehemaligen Konzentrationslager, eine Gedenkrede halten wird, zwecks weiterer Publikumsvermehrung. Die ganze Welt wartet auf seinen nächsten faschistischen Ausrutscher, aber er plant gerade seinen antifaschistischen Einstieg.

Viele Künstler und Intellektuelle sagen, sie spüren schon den aufkommenden Faschismus.

Ich halte Haider keineswegs für einen Faschisten im klassischen Sinne, die Faschisten sind nämlich ihrer grauslichen Überzeugung immer treu geblieben. Haider wechselt seine Überzeugungen ständig, er verfügt über eine Unsumme von Überzeugungen, von Rollen, und darunter befindet sich auch eine faschistische. Und außerdem: Wir sind ja auch noch da. Die Künstler und Intellektuellen sollen nicht soviel klagen, sondern das tun, was ihrem Gewerbe entspricht: Dichten, Bildhauern, Malen. Dieses Gefühl der künstlerischen Ohnmacht schafft doch nur Platz für die Macht der anderen. Von meinem Vater, der ein italienischer Kunsttischler war, habe ich gelernt, daß man nicht jammern soll über wackelnde Tische, sondern so lange arbeiten soll, bis der Tisch nicht mehr wackelt. Wir sind die besseren Künstler als Herrn Haiders versammelte Halbtalente.

Ist es nicht auch ein Kampf der Patrioten um die kulturelle Lufthoheit?

Ich habe Ihnen ja gesagt, daß ich ein österreichischer Heimatdichter bin. Ich weiß nicht, ob hinter jedem Deutschen ein Deutscher steckt, aber hinter jedem Österreicher steckt bestimmt ein anderer. Der Österreicher ist ja gar kein Österreicher, einen echten Österreicher gibt es in ganz Österreich nicht. Wir sind eine Mischung, eine Pinscherei aus Tschechen, Ungarn, Slowenen, Italienern und dem Rest von Europa, vor allem Osteuropa. Kreisky, Sinowatz, Vranitzky, Klima, das waren die letzten vier österreichischen Bundeskanzler, und was waren sie? Jüdischer, kroatischer und tschechischer Herkunft, typische Österreicher. Und da kommt Herr Haider, bellt ein paar Mal großdeutsch daher und sagt, wir seien alle echte Schäferhunde. Ich verrate Ihnen die ganze Wahrheit über Jörg Haider. Er ist ja nicht nur Anführer einer bellenden freien Gruppe, er ist ja auch Tscheche.

Wie bitte?

Ja. Er heißt in Wahrheit Jiri Haiduschka und stammt aus Treplow in Nordböhmen. Es ist wahr, eine Tragödie.

Interview mit Brigitte Warenski
Tiroler Tageszeitung

Januar 2001

Warenski: Peter Turrini, das sind nicht nur Menschengeschichten, sondern auch klare Statements zur Politik Österreichs. Schmerzt es Sie, wenn Sie als bekennender Gegner der FPÖ sehen müssen, welchen Weg Österreich politisch gegangen ist?

Turrini: Der Schmerz wird gerade etwas geringer, denn die Heilsversprechen bewegen sich nun schon lange jenseits von realen Verbesserungen und entblößen sich damit von selbst als Lüge. Der vorwärtsstürmende Held Haider ist ins Stolpern geraten, und nichts ist lächerlicher – in der Politik und im Theater – als ein wankender Held. Die Strafe für den, der permanent den Sieg verkündet hat, wird in die Komik führen, und das beruhigt mich.

Beschäftigt Sie dieser stolpernde Held auch literarisch?

Mein literarisches Gemüt funktioniert unabhängig von der Tagespolitik, denn ich will nicht zum Pawlowschen Hund tagespolitischer Ereignisse werden. Als Literat interessieren mich Menschen, die in mein poetisches Visier geraten. Ich betreibe Menschenbeschreibungen, Seelenarchäologie. Dazwischen kommt halt mein zorniges, politisches Gemüt zum Vorschein.

Ist das Theater heute noch der richtige Ort für solche Menschengeschichten. Will das Theater nicht lieber Inhalte, die man mit der Wort- und Bildästhetik der schnellen neuen Medien auffangen kann? Und dies noch leicht verdaulich verpackt in Events und Festivals?

Das Theater hat die Chance, die ganze Geschichte des Menschen zu erzählen, es kann Chronologie abseits der Hektik betreiben. Wenn sich Theater, und das passiert heute besonders an den deutschen Bühnen, der Atemlosigkeit des Events hingibt, ist das sehr dumm und sehr gefährlich. In Deutschland sinken die Besucherzahlen an den Theatern immer weiter, und man hat das Falscheste getan: Man hat das Theater an die Eventkultur angeglichen, aber da sehen sich die Leute, vor allem die jungen, lieber gleich ein Musikspektakel an.
Die Zerstückelung der Geschichte, dieses Verbeißen in Momentaufnahmen, ist nicht der richtige Weg. Die jungen Regisseure sind in der Welt der Collage aufgewachsen und kennen eben nichts anderes als das Bruchstück. Zurück bleiben Lichtspiele und aufsehenerregende Regieeinfälle. Ich glaube aber, daß der anachronistische, träge Blick auf den Menschen und sein Ganzes das ist, was den Erfolg des Theaters ausmacht. Ich weiß schon, daß die Bruchstückhaftigkeit der menschlichen Existenz, das zerbrochene Gefäß, ein Thema ist. Aber es genügt nicht, nur ein paar Scherben aufzuheben und spektakulär zu beleuchten. Hoffentlich ist das Trümmertheater ein Fieberanfall, der wieder vorbeigeht.

Silke Hassler
Peter Turrini oder Die menschliche Tragödie als österreichische Komödie

Sehr geehrte Damen und Herren!

Man soll, was man liebt, nicht verschweigen. Daß mir Peter Turrini als Mensch und als Schriftsteller sehr nahe steht, soll nicht unter den Tisch fallen, sondern von Anfang an auf diesen gelegt werden. Man sagt, die Liebe zu einem Menschen mache blind, ich sehe das nicht so. So wie die Liebe zu einem Menschen die schöne Gier hervorbringt, so bringt die Leidenschaft für ein Werk die schöne Neugier mit sich. Als Herausgeberin einer dreibändigen Werkausgabe von Turrini habe ich drei Jahre lang in seinem dreißigjährigen Archiv gekramt. Er hat mir seine Tagebücher und Briefe, verpackt in große, schwarze Nylonsäcke, übergeben und gesagt, ich solle damit machen, was ich wolle. Ich ging auf Reisen durch die Jahre, durch den Kopf und durch die Worte eines Theaterdichters.

Meine erste Begegnung mit Peter Turrini fand im Jahre 1985 statt, unter der Schulbank. Ich war sechzehn und las während der Religionsstunde Turrinis erstes Theaterstück »Rozznjogd«. Dem Autor ging damals – zumindest bei meinen Kärntner Mittelschullehrern – der Ruf voraus, ein Pornograph zu sein, ein maßloser Übertreiber, eine Art schweinischer Unterganghofer. Ich fand nichts übertrieben, so wie es da stand, so empfand auch ich die Welt: als Misthaufen.

Dreizehn Jahre später habe ich das Stück wieder gesehen, in einer Aufführung der Gruppe 80 in Wien. Die Zuschauer lachten über jeden zweiten Satz, und ich mit ihnen. Alles hörte sich noch immer so schrecklich an wie damals, und doch war es gleichzeitig sehr lustig, man mußte einfach lachen, ob man wollte oder nicht. Turrinis literarische Methode, die Schrecken des Lebens als Theater, als Komödie, vorzuführen, hatte uns endgültig erreicht.

Bei der Uraufführung der »Rozznjogd« im Jahre 1971 am Wiener Volkstheater gab es einen Theaterskandal. Der Vorhang öffnete sich, und ein Müllabladeplatz war zu sehen, auf den ein Auto mit ins Publikum gerichteten, grellen Scheinwerfern fuhr. Zwei junge Menschen, ein Mechaniker und eine Kellnerin, entledigten sich ihrer Kleider, ihrer Sprache – oder besser gesagt: ihrer Sprachfloskeln –, ihrer Moral, ihrer Selbsttäuschungen. Sie unternahmen den Versuch einer Befreiung von allen inneren und äußeren, fremden und eigenen Masken. Sie schrien und tanzten auf dem Misthaufen einer Gesellschaft, von der sie sich eingesperrt und entstellt fühlten. Je radikaler die Entblößung voranschritt, desto näher kamen sie einander, desto menschlicher fühlten sie sich. Auf dem Höhepunkt dieser Annäherung wurden sie von herumstreunenden Gewalttätern wie Tiere, wie Ratten, abgeknallt.

Was sollte an einem solchen Theaterstück, einer solchen Tragödie, an deren Ende der Tod zweier Menschen steht, komisch sein? Warum lacht das Publikum, wenn es in Wien, in Berlin, in Paris, in Lissabon, in Warschau und neuerdings in Australien, in Lateinamerika und nun in Japan, diese schrecklichen Turrinistücke sieht, auch wenn ihm das Lachen zuweilen im Halse steckenbleibt?

Ich versuche die Antworten aus jenen schwarzen Nylonsäcken zu holen, die mir Turrini für meine Arbeit an der Werkausgabe überließ. In einer Tagebuchaufzeichnung beschreibt der Jugendliche das Begräbnis seines Vaters, eines italienischen Gastarbeiters in Kärnten. Turrini und seine Brüder baten den Ortspfarrer, keine Totenrede zu halten, zu sehr war der Vater von der Dorfgemeinschaft gemieden, als

Fremdling behandelt worden. Doch die Dorfhonoratioren ließen sich ihr Ritual nicht nehmen. Der Dorfpfarrer hielt eine Rede, konnte den italienischen Geburtsort des Vaters, Cerea, nicht richtig aussprechen und deutschte ihn ein, der national gesinnte Männergesangsverein intonierte das Soldatenlied: »Ich hatt' einen Kameraden«. Der Turrini Peter lachte. Am offenen Grab seines Vaters, in Anwesenheit der Dorfgemeinde.

Es muß ein zwanghaftes, verzweifeltes Lachen gewesen sein, und die Dorfbewohner werden sich in ihrer Abneigung gegen diese Familie wohl bestätigt gefühlt haben. Wenn Turrini später mit slowenischen Schriftstellerfreunden im Gasthaus saß und diese slowenisch sprachen, schrien die Bauern vom Nebentisch her, dies sei ein deutsches Land, hier werde deutsch gesprochen. Sie schrien es, aus Erregung, auf Slowenisch. Turrini lachte.

Die Generation der am Ende des Zweiten Weltkrieges Geborenen wohnte in der Tat einem lachhaften Akt bei: Österreich verkaufte sich nach 1945 als Tourismusland, verdrängte seine Mitschuld an den Verbrechen des Hitlerfaschismus, höflich und unschuldig spielte es der Welt ein Volk von devoten Kellnern und Gastwirten vor. Doch dieser Fremdenverkehrsprospekt war brüchig, die Risse in den Biographien der Menschen waren nicht begradigt: Wenn sich der österreichische Gastwirt und der deutsche Tourist besoffen näherkamen, schwärmten sie hinter verschlossenen Vorhängen in der Gaststube von ihren gemeinsamen Eroberungsfeldzügen in Rußland. Als Kurt Waldheim vor der Welt eingestehen mußte, daß er bei einer SA-Reiterbrigade war, verteidigte er sich damit, daß ihn seine Leidenschaft für das Reiten dorthin gebracht habe. Sein Pferd sei bei der SA gewesen, nicht er. Die Antwort von Turrini und seinen Künstlerfreunden war ein hölzernes Pferd, das sie vor die Hofburg stellten, das Pferd hatte eine SA-Mütze auf. Turrini hatte seine Methode gefunden: Auf die Lügen der Menschen antwortete er mit den Mitteln der Ironie, der Theatralik, des Auslachens.

In den frühen Stücken Turrinis ist das Maß der Ironie gering, die Wut über die immer wieder hervorquellende braune Jauche groß. Der Hauptfigur in Turrinis zweitem Stück »Sauschlachten« hat es die Sprache so gänzlich verschlagen, daß er nur noch ein Grunzen von sich gibt. Der Bauernsohn Volte paßt nicht in seine Umgebung, und die Umgebung paßt nicht zu ihm, er wird von seiner Familie ausgesondert, zur Sau gemacht und am Ende des Stückes hinter der Bühne geschlachtet. Diese Familie, ist – wie sie sich in ihrer Selbstbeschreibung nennt: – »A liabe Familie in an liabn Land«, sie trägt diese Behauptung wie einen Banner vor sich her, bis die Mordlust hervorbricht, bis sie wieder jemanden, den sie nicht als den ihren empfinden, fertigmachen kann, und sei es der eigene Sohn. Am Ende essen sie ihn auf, zu heimatlichen Klängen.

Alle Versuche, den Menschen in eine Eindeutigkeit zu pressen, in ein nationales Gefäß, in soziale und sprachliche Schemen, enden bei Turrini schrecklich und grotesk zugleich. Vor allem das Nationale funktioniert nicht, weil es den reinen Österreicher gar nicht gibt. Er ist eine Fiktion, die nur so lange aufrechterhalten werden kann, so lange die unerwünschten, die fremden Teile der Verwandtschaft oder der Biographie weggedrängt, weggeschlossen oder vernichtet werden. Wie groß muß der Rumor in der österreichischen Seele sein, wenn so viel Slowenisches, Italienisches, Jüdisches, Tschechisches, Kroatisches, aber auch Kommunistisches und Widerständlerisches weggedrängt werden muß? Peter Turrini war in seinem Kärntner Dorf ein Außenseiter, der später und an einem anderen Ort seine Würde, seinen Beruf, aus diesem Außenseitertum gemacht hat. Er begann sich, seinen eigenen Worten nach, gegen »das Echte« auszusprechen. Er ist nicht nur vom »echt Kärntnerischen«, vom »echt Österreichischen«, ins Unechte gewechselt, er ist ins Theater geflüchtet. Dort, wo alles unecht, Erfindung, Maskerade, Fiktion ist, hat er sich auf die Suche nach dem Tatsächlichen, nach der Wahrheit, gemacht.

Die Formen der Wahrheitssuche waren bei den jungen Künstlern in den fünfziger und sechziger Jahren ähnlich: Die Wiener Aktionisten besudelten den touristischen Hochglanzprospekt, diesen rot-weiß-roten Unschuldsvorhang, mit den Ingredienzen des Krieges, mit Blut und Dreck; andere, die jungen Dramatiker, wählten das Theater als Nachstellungsort der Katastrophe. Die Deutschen diskutierten über ihre Vergangenheit, die Österreicher verschwiegen sie. Die österreichischen Dramatiker schrieben – inspiriert von ihren aktionistischen Kollegen – anarchische und blasphemische und tödlich endende Stücke, Theaterrituale, um dieses Schweigen zu durchbrechen.

Traten in den ersten Stücken Turrinis junge Menschen auf, welche die Gesellschaft nicht mehr ertrugen, gegen sie aufbegehrten, von ihr vernichtet wurden oder sich selbst zerstörten, so waren es später ältere Menschen, die mit der Wirklichkeit nicht zurechtkamen. Die jungen Außenseiter, die Wohlstandsverweigerer, die Aufbegehrer, waren ja nicht die einzigen, die von der Nachkriegsgeschichte ausgespuckt wurden: Es sind auch die alten Kommunisten und Widerständskämpfer, die nicht in das neue, weiß gebleichte Geschichtsbild paßten. Der alte Kommunist Josef in Turrinis Stück »Josef und Maria« wird zum Narren, weil er auf seiner Version der Geschichte, auf seinen Erlebnissen, beharrt. Er hat den Namen des Arztes, der in der Psychiatrie einen medizinischen Eingriff an ihm vorgenommen hat, nicht vergessen. Der alte und vereinsamte Josef sitzt nach dem Krieg auf der Parkbank gegenüber den hellerleuchteten Fenstern der Wohnung des erfolgreichen Arztes und stellt sich dessen Familie beim Abendessen vor. Niemand will seine Geschichte hören, die Kinder auf der Straße lachen ihn aus, weil er beim Radfahren Hosenklammern trägt, ohne die, wie er sagt, sich doch die Hose in den Speichen des Rades verfangen würde: Die menschliche Tragödie als österreichisches Lachtheater.

Zwei Jahrzehnte war die Dramatik der Stücke Turrinis davon bestimmt, die weggeschobenen Menschen, die Verlierer und Opfer des Krieges, die Narren und die Toten wieder auszugraben. Seine Methode, gegen die antwortlose und schweigende Welt der fünfziger und sechziger Jahre aufzutreten, war das Auffinden von Biographien, das Erfinden von Antworten, die theatralische Nachstellung des Verdrängten. Turrini wurde, wie andere auch, als Übertreiber der Wirklichkeit denunziert und ist doch von dieser Wirklichkeit eingeholt, ja überholt worden. Die sich in den achtziger und neunziger Jahren ausbreitende Mediengesellschaft, das Fernsehen, die Zeitungen, die kritischen Magazine und ihre Zerrbilder, die sensationslüsternen Berichte, haben alles Verschwiegene und Vergrabene ans Licht, ins Scheinwerferlicht gebracht. Nichts mußte mehr hervorgeholt werden, alles breitete sich in immer mehr Kanälen aus, die Leichen, die vergangenen und die gegenwärtigen, türmten sich zuhauf vor den Augen der Zuschauer und Schauer.

Zehn Jahre lang machte Turrini gemeinsam mit Wilhelm Pevny und Dieter Berner Fernsehfilme, welche weltweit ausgestrahlt wurden, am Ende aber war er ein Resignierender. Er, der den Menschen schreckliche, aufrüttelnde, traurige und komische Geschichten erzählten wollte, landete mit diesen zwischen Wetternachrichten, LKW-Staus und Werbung für Fischstäbchen. Die Fernbedienung, dieses Mordinstrument gegen alles Literarische, unterbrach seine Geschichten, zerstückelte sie. Keine Chronologie, keine Biographie, kein Anfang, kein Höhepunkt, kein Finale war mehr möglich. Was am Ende eines durchgezappten Abends blieb, war eine Collage aus allem und jedem in den Köpfen der Betrachter.

Turrini stand, wie er in sein Tagebuch schrieb, »reumütig vor seiner verlassenen Geliebten Theater und flehte um Gnade«. Im Theater sind ihm die Zuschauer für die Dauer von zwei Stunden ausgeliefert, hier kann er die ganze, unzerteilte Geschichte erzählen, mit einem genauen und geduldigen Blick die Menschen schildern, einem Blick, der in den Medien zur Momentaufnahme, zum Blitzlicht, verkommen ist.

Natürlich ist die Theaterwelt von der Fernsehwelt nicht zu trennen, die Theaterzuschauer tragen die Medienwelt in sich, in diesem Sinne veränderten sich auch die Figuren in Turrinis Stücken: die Medienwelt war in ihre Sprachwelt eingedrungen, das Eigentliche und das Fremde waren nicht mehr voneinander zu trennen, Maske und Gesicht wuchsen ineinander. In dem Stück »Die Bürger« reden die Protagonisten Kluges am Tage, Zusammengelesenes und Gehörtes, und flennen vor Hilflosigkeit in der Nacht. In »Schlacht um Wien« diskutieren und interpretieren sie ihre Existenz, ihren Beruf und ihre Ehen und sind doch auf dem Weg, ein Asylantenheim anzuzünden. Die Figuren in Turrinis neueren Stücken sind zusammengesetzte Wesen aus Sprache und Selbstbetrug. Turrini hat Horváth konsequent weitergedacht, seine Figuren geben nicht nur die Sprachhülsen, die sie von der Welt genommen haben, wieder, sie konstruieren aus diesen ihre ureigenste Überzeugung, ihre nachhaltige persönliche Meinung. Niemals hinterfragen sie diese Konstruktion, sie geben sie in immer neuen Varianten von sich. Erst wenn sie von den Worten und Sätzen nicht mehr gehalten werden, wenn Schweigen und Stille ausbrechen, zeigt sich der wahre Kern der Figuren und der lautet: Sehnsucht. Die Sehnsucht nach dem anderen Leben, die Sehnsucht nach einem anderen Menschen.

Turrini ist kein Alpen-Beckett, seine Dramen sind keine hermetischen Gebilde, keine Untergangsarien, keine Variationen ewiger Hoffnungslosigkeit. Für einen Moment, manchmal nur für einen Augenblick, sind seine Figuren der Erfüllung ihrer Sehnsucht nahe, und dies gilt für alle seine Stücke:

Wenn die beiden jungen Menschen in »Rozznjogd« kein Wort mehr von sich geben, beginnt ihr eigentliches Kennenlernen. Wenn die Alkoholikerin Magda Schneider in »Tod und Teufel« endlich einen Menschen, einen Pfarrer, findet, der ihr Gebrabbel ernst nimmt, sieht sie einen Heiligen vor sich. Wenn in »Die Liebe in Madagaskar« ein alter Kinobesitzer die Lügen einer Versicherungsangestellten glaubt und ihr eine Hauptrolle in einem Film – den er gar nicht dreht – anbietet, bricht sie schluchzend zusammen. Wenn sich alles als gelogen herausstellt, ist der Augenblick der Wahrheit nahe.

Ich lese Ihnen eine kurze Stelle aus dem Stück »Alpenglühen« vor. Ein alter Blinder, der sich als Theaterintendant vorgestellt hat, und eine Frau namens Jasmine, die sich als alles Mögliche ausgegeben hat, als Hure, als Sekretärin des Blindenverbandes und als berühmte Schauspielerin, umarmen einander:

»Jasmine: Weißt du eigentlich, wen du gerade umarmst?
Der Blinde: Eine etwa fünfzigjährige, verrückte Frau, eine völlig erfolglose Schauspielerin mit einer ziemlich unförmigen Figur.
(Stille.)
Der Blinde: Und du? Weißt du, wen du umarmst?
Jasmine: Ja. Einen alten Mann. Verlogen, blind und impotent.«

In diesem Moment sind den Figuren die Masken, die Lebenslügen abhanden gekommen. Sie stehen sich – für einen Augenblick – unverstellt gegenüber, sie sehen, was wirklich ist. Immer sind sie gescheitert, oft stecken sie schon Jahrzehnte in ihrem verpfuschten Leben, nie haben sie es geschafft, das zu werden, was sie hätten werden wollen oder hätten werden können. Das Leben hält für sie nichts mehr bereit, außer der Wiederholung des Immergleichen. Sie stehen vor einem Trümmerhaufen, über den sie nur noch mit Selbsttäuschung hinwegschauen können. Wo andere Geschichten enden, beginnen Turrinis Stücke: in der Aussichtslosigkeit. »Still und finster, wie immer«, sagt der Blinde zu Beginn von »Alpenglühen«. »Ich bin ein phantasieloser Mensch und bewege mich nicht gerne«, ist der erste Satz des alten Kinobesitzers Pepi Ritter in »Die Liebe in Madagaskar«. Das einzige, was in seinem Leben noch eintreffen kann, sind Mahnungen, Zahlungsaufforderungen und die baldige Schließung seines heruntergekommenen Kinos. Turrinis Figuren sind schon zu Beginn des Stückes am Ende.

Mit fortlaufender Dauer des Theaterabends nehmen die Lügen zu, die Figuren phantasieren sich zunehmend in einen Wahn. Obwohl der real existierende Kommunismus – in der Neufassung von »Josef und Maria« – gerade untergeht, hält Josef die Sowjetunion zwar für verloren, aber noch stünde eine Milliarde Chinesen hinter ihm. Pepi Ritter verläßt sein Kino nicht mehr, schläft auf einer Liege im Vorführraum und träumt sich nach Cannes, um im Auftrag seines vermeintlichen Freundes Klaus Kinski mit lateinamerikanischen Geldgebern über ein neues Filmprojekt zu verhandeln. Obwohl die ehemalige Billa-Kassiererin Magda Schneider vor Schnapstrunkenheit kaum mehr reden kann, läßt sie ihre mögliche Verwandtschaft mit Romy Schneider durchblicken. Alles ist Theater, nichts ist wahr, die Lügen mehren und mehren sich, und doch läuft alles auf einen Moment der Wahrheit hinaus.

Wenn dieser eintritt, sprachlos, stammelnd, leise bekennend, still, tritt der Wahn zurück und die ganze Erbärmlichkeit hervor. In diesem Moment sind Turrinis Figuren am lächerlichsten und am schönsten.

Turrini hat lange mit dem Etikett des realistischen Stückeschreibers gelebt und ist wohl nie einer gewesen. Waren es in den ersten Jahren die Ausgrabungen, die Auffindungen, die seinen theatralischen Fieberkopf zum Glühen brachten, so waren es in den späteren Jahren die Erfindungen, die Lügen, die Selbsttäuschungen der Menschen, die ihn faszinierten. Er erfindet Unwirklichkeiten, um der Wirklichkeit des Menschen, seinem Kern, nahezukommen. Er lügt mit seinen Figuren, häuft Schminke auf sie, bis sie ungeschminkt voreinander stehen. »Das Theater ist ein Ort der Lüge«, sagt er, »jeder Mensch weiß, daß einem hier etwas vorgemacht wird, daß es verkleidete Menschen, Schauspieler, sind, die da oben stehen, daß ihre Geschichten erfunden sind; die Täuschung wird von vornherein eingestanden, und das macht die Sache so glaubhaft. Im sogenannten wirklichen Leben, in den Berichten über das wirkliche Leben, in den Medien, wird ständig darauf gepocht, daß alles echt sei, wahr sei, daß die bosnische Leiche eine wirkliche sei und kein vor die Kamera gelegter Statist, der von einem Journalisten für 50 Dollar mit Ketchup begossen wurde. Eine Tatsache reiht sich an die andere, und das meiste ist doch gelogen. Gottseidank glauben die Leute uns Lügnern immer mehr und den Tatsachenberichtern immer weniger. Erst wenn alles Täuschung, Theater ist, beginnt das wirkliche Leben.«

In einem neuen Stück mit dem Titel »Die Eröffnung« – mit diesem Stück wurde am 21. Oktober 2000 das Schauspielhaus Bochum eröffnet – sind bei Turrini das Leben und das Theater endgültig an einem gemeinsamen Punkt angelangt, ist die Theatralisierung der Wirklichkeit abgeschlossen. Thema des Stückes ist das Theater selbst; die Bühne, die Requisiten, der ganze Theaterzauber, alles wird zum Mittel des Erzählens: der Himmel ist der Schnürboden, die Klappe im Bühnenboden das Tor zur Hölle, der Tod ein Bühnentrick. Turrini erzählt die Geschichte eines Mannes, der unbedingt ans Theater will, weil er glaubt, nur dort überleben zu können. Alles, was außerhalb des Theaters stattfindet, ist bedrohlich, ungeprobt, lebensgefährlich. Der Mann fleht um Aufnahme in die schützende Dunkelheit des Theaters, »wo jeder Mord nach Plan, jede Liebe nach einem festen Text funktioniert, jeder falsche Schritt vom Regisseur korrigiert wird, die Souffleuse jede Textabweichung sofort aufzeigt, wo also alles seine Ordnung hat«; im wirklichen Leben herrsche nur das sinnlose Chaos, die Katastrophe des Daseins. Dieser Schauspieler wird, je katastrophaler sein Leben verläuft – die Frau verläßt ihn, sein Kind stirbt –, immer erfolgreicher. Er reißt sich das Herz aus seiner Brust und schenkt es dem Publikum. Und das Publikum dankt ihm dieses Geschenk mit großer Verehrung. Nun tanzt er jeden Abend über dem Loch in seiner Brust, wie ein Verrückter, doch das Loch schließt und schließt sich nicht. Die Zuschauer zeigen auf ihn und lachen: »Je mehr ich schrie, desto lauter lachten sie. Ich wurde ein beliebter Volksschauspieler.«

Die menschliche Tragödie als Bühnenspiel, als Komödie. Lassen Sie mich noch einmal in die schwarzen Nylonsäcke mit den Tagebüchern greifen. Da fand ich eine Eintragung aus dem Jahre 1963. Turrini arbeitete damals als Stahlarbeiter in Linz:

»Ich wollte unbedingt Schauspieler werden und fuhr zur Aufnahmsprüfung nach Wien, ins Reinhardt-Seminar. Ich spielte den Hamlet, den Faust, den Falstaff vor, alle Rollen mit einem Kärntner Akzent. Eine Professorin fragte mich, ob ich Mitglied eines Laienensembles sei, der »Friesacher Burghofspiele«. Ich hörte ein verhaltenes Lachen von unten, vergrub meinen Schmerz, fuhr zurück an den Hochofen und blieb bei meiner ursprünglichen Berufswahl: Theaterdichter.«

Ein letztes, ein vorletztes Mal zitiere ich Turrini, diesmal nicht aus den schwarzen Säcken, sondern aus dem Gedichtband »Ein paar Schritte zurück«:

Im Sommer
steckten sich die Freunde
meines älteren Bruders
Tannenzapfen in die Badehose
und stolzierten damit
vor den verschämt wegschauenden Mädchen
auf und ab.
Dieser Betrug
flog auf
als ich mir
zwei Tannenzapfen
in die Badehose
steckte.

In diesen Zitaten ist, so denke ich, all die Lächerlichkeit vorweggenommen, die später Turrinis Theaterfiguren auszeichnet. Denn diese Lächerlichkeit führt direkt in die Wahrhaftigkeit, in die Schönheit.

In dem Stück »Die Eröffnung« muß der Schauspieler am Ende erkennen, daß ihm das Theater sein Leben nicht ersetzen kann, daß ihm die Theaterflucht nicht vor dem Leben rettet. Weiß geschminkt, von der Last der Jahre niedergedrückt, fleht der Schauspieler Gott um eine Verlängerung des Lebens an. Aber Gott im Himmel – oder besser gesagt, Gott im Theaterhimmel – schweigt. Kein Klagen, kein Flehen hilft, nicht ein Wort ist aus dem Schnürboden zu vernehmen. Der Schauspieler muß sterben. Im allerletzten Moment kommt die Hand der Souffleuse aus dem Souffleurkasten, sie hält dem alten Mann, dem Schauspieler, Abschminke und eine Packung Kleenex hin. Er schminkt sich das Weiß, das Alter, aus dem Gesicht.
Der Schauspieler ist wieder jung, springt über die Bühne und schreit: »Ich eröffne mein neues Leben! Ich eröffne dieses Theater! Ich eröffne die neue Saison! Vorhang auf!«
Das Theater rettet ihn doch... Und ich schließe diesen Vor-

trag mit der Aussicht auf die nächste Turrini-Uraufführung am Berliner Ensemble und danke Ihnen fürs Zuhören.

Vortrag, gehalten im Setagaya Theater Tokio, Dezember 2000

Peter Turrini

geboren 1944 in St. Margarethen in Kärnten, wuchs in Maria Saal auf und war von 1963 bis 1971 in verschiedenen Berufen tätig. Seit 1971 lebt er als freier Schriftsteller in Wien und Retz. Mit seinem ersten Theaterstück »Rozznjogd« (Uraufführung 1971 am Wiener Volkstheater) wurde Turrini schlagartig bekannt. Es folgen Stücke (u. a. »Sauschlachten«, Münchner Kammerspiele 1972; »Josef und Maria«, Volkstheater Wien 1980; »Die Minderleister«, Akademietheater Wien 1988; »Alpenglühen«, Burgtheater Wien 1993; »Die Liebe in Madagaskar«, Akademietheater 1998; »Die Eröffnung«, Schauspielhaus Bochum 2000), Gedichtbände, Drehbücher, Reden und Essays. Turrinis Werke wurden in dreißig Sprachen übersetzt, seine Stücke werden weltweit gespielt. Im Herbst 1999 ist eine dreibändige Werkausgabe erschienen.

Uraufführungen

Rozznjogd. Nach Motiven von Willard Manus. Wien: Volkstheater, 27. 1. 1971. Regie: Bernd Fischerauer.

Zero, Zero. Ein Kunststück. Wien: Theater an der Wien (Wiener Festwochen), 22. 5. 1971. Regie: Jan Biczycki.

Sauschlachten. Ein Volksstück. München: Kammerspiele/Werkraumtheater, 15. 1. 1972. Regie: Alois Michael Heigl.

Der tollste Tag. Frei nach Beaumarchais. Darmstadt: Landestheater, 26. 2. 1972. Regie: Gerd Heinz.

Kindsmord. Klagenfurt: Stadttheater, 10. 3. 1973. Regie: Helmut Polixa.

Die Wirtin. Frei nach Goldoni. Nürnberg: Schauspielhaus, 24. 11. 1973. Regie: Günther Tabor.

Phonoptical. Terror. Heil Dir. Villach: Studiobühne, 16. 6. 1974. Regie: Alfred Meschnigg.

Josef und Maria. Graz: Volkstheater Wien beim Steirischen Herbst, 7. 11. 1980. Regie: Gerd Heinz.

Die Bürger. Theaterstück. Wien: Volkstheater, 27. 1. 1981. Regie: Gerd Heinz.

Campiello. Frei nach Goldoni. Wien: Volkstheater, 26. 9. 1982. Regie: Harry Reich-Ebner.

Faust III. Eine Komödie, teils teils. Wien: Theater Nero im Theater im Künstlerhaus, 3. 12. 1987. Regie: Vintila Ivanceanu.

Die Minderleister. Ein Drama. Wien: Akademietheater, 1. 6. 1988. Regie: Alfred Kirchner.

Tod und Teufel. Eine Kolportage. Wien: Burgtheater, 10. 11. 1990. Regie: Peter Palitzsch.

Alpenglühen. Ein Stück. Wien: Burgtheater, 17. 2. 1993. Regie: Claus Peymann.

Grillparzer im Pornoladen. Nach dem Stück »Love Boutique« von Willard Manus. Berlin: Berliner Ensemble, 20. 2. 1993. Regie: Peter Palitzsch.

Die Schlacht um Wien. Schauspiel in drei Akten. Wien: Burgtheater, 13. 5. 1995. Regie: Claus Peymann.

Endlich Schluß. Ein Monolog. Wien: Akademietheater, 7. 6. 1997. Regie: Claus Peymann.

Die Liebe in Madagaskar. Ein Theaterstück. Wien: Akademietheater, 3. 4. 1998. Regie: Matthias Hartmann.

Tod und Teufel. Eine Oper von Gerd Kühr (Musik) und Peter Turrini (Text). Graz: Grazer Oper, 17. 9. 1999. Regie: Georg Schmiedleitner.

Josef und Maria. Ein Spiel. Neufassung 1998. Wien: Theater in der Josefstadt, 7. 10. 1999. Regie: Peter Turrini.

Kasino, ein Tanzspiel. Wien: Kasino am Schwarzenbergplatz, 22. 1. 2000. Regie: Leonard Prinsloo.

Die Eröffnung. Bochum: Schauspielhaus, 21. 10. 2000. Regie: Matthias Hartmann.

Buchausgaben

Erlebnisse in der Mundhöhle. Reinbek: Rowohlt 1972 (Das neue Buch).

Der tollste Tag. Frei nach Beaumarchais. Wollerau, Wien, München: Georg Lentz 1973 (Edition Lentz 4).

Rozznjogd. Stück. Wollerau, Wien, München: Georg Lentz 1973.

Sauschlachten. Stück. Wollerau, Wien, München: Georg Lentz 1974.

Gemeinsam mit Wilhelm Pevny: Der Dorfschullehrer. Wien, München, Eisenstadt: Thomas Sessler Verlag, Edition Roetzer 1975 (Der Souffleurkasten).

Die Wirtin. Frei nach Goldoni. Wien, München: Thomas Sessler Verlag 1978 (Der Souffleurkasten).

Turrini-Lesebuch. Stücke, Pamphlete, Filme, Reaktionen etc. Ausw., Bearb.: Ulf Birbaumer. Wien, München, Zürich: Europaverlag 1978.

Kindsmord. Theaterstück. Illustr.: Tone Fink. Wien: David-Presse 1979.

Gemeinsam mit Wilhelm Pevny: Die Alpensaga. Salzburg, Wien: Residenz 1980 (Fernsehspiel-Bibliothek).

Ein paar Schritte zurück. Gedichte. Frankfurt/M.: Verlag Autoren Edition 1980.

Josef und Maria. Illustr.: Elisabeth Ernst. Wien: Frischfleisch & Löwenmaul 1980 (Taschenbuch 13).

Campiello. Frei nach Goldoni. Wien, München: Thomas Sessler Verlag 1982.

Dic Bürger. Wien, München: Thomas Sessler Verlag 1982.

Turrini Lesebuch zwei. Stücke, Filme, Gedichte, Reaktionen etc. Ausw., Bearb.: Ulf Birbaumer. Wien, München, Zürich: Europaverlag 1983.

Gemeinsam mit Käthe Kratz: Jugend. Das Buch zum Film »Atemnot«. Filmdrehbuch. Wien, München, Zürich: Europaverlag 1984.

Es ist ein gutes Land. Texte zu Anlässen. Hrsg.: Christa Binder. Wien, München, Zürich: Europaverlag 1986.

Ein paar Schritte zurück. Gedichte. Wien, Zürich: Europa-Verlag 1986.

Sauschlachten/Die Wirtin/Josef und Maria/Die Bürger. Berlin: Henschel Verlag 1986.

Die Minderleister. Wien, Zürich: Europaverlag 1988.

Gemeinsam mit Rudi Palla: Die Verlockung. Die Arbeitersaga 2. (Drehbuch). Wien, Zürich: Europaverlag 1988.

Gemeinsam mit Rudi Palla: Müllomania. Die Arbeitersaga 3. Drehbuch. Wien, Zürich: Europaverlag 1988.

Rozznjogd / Rattenjagd. Ein Stück. Hamburg: Luchterhand, 1988 (Luchterhand Theater).

Mein Österreich. Hamburg: Luchterhand 1988.

Gemeinsam mit Rudi Palla: Das Plakat. Die Arbeitersaga 1. Drehbuch. Wien, Zürich: Europaverlag 1989.

Die Minderleister. Theaterstück. Hamburg: Luchterhand 1989 (Luchterhand Theater).

Tod und Teufel. Eine Kolportage. Hamburg: Luchterhand 1990 (Luchterhand Theater).

Turrini Lesebuch. Stücke, Filmtexte, Gedichte, Wortmeldungen. Hrsg.: Wolfgang Schuch. Berlin: Henschel-Verlag 1990.

Peter Turrini. Texte, Daten, Bilder. Hrsg.: Wolfgang Schuch, Klaus Siblewski. Hamburg: Luchterhand 1991 (Sammlung Luchterhand 960).

Alpenglühen. Ein Stück. Hamburg: Luchterhand Literaturverlag, 1992.

Im Namen der Liebe. Gedichte. Hamburg: Luchterhand 1993.

Die Schlacht um Wien. Schauspiel in drei Akten. Hamburg: Luchterhand 1995.

Liebe Mörder. Von der Gegenwart, dem Theater und dem lieben Gott. Hrsg.: Silke Hassler und Klaus Siblewski. München: Luchterhand Literaturverlag 1996.

Die Liebe in Madagaskar. Theaterstück. München: Luchterhand Literaturverlag 1998.

Die Verhaftung des Johann Nepomuk Nestroy. Eine Novelle. München: Luchterhand Literaturverlag 1998.

Ein irrer Traum (Lesebuch I), Das Gegenteil ist wahr (Lesebuch II), Zu Hause bin ich nur hier: am Theater (Lesebuch III), hg. von Silke Hassler und Klaus Siblewski. München: Luchterhand Literaturverlag 1999.

Filme

Gemeinsam mit Wilhelm Pevny: Alpensaga. TV-Serie in sechs Teilen. Drehbuch: Peter Turrini, Wilhelm Pevny. Regie: Dieter Berner. Österreich, Deutschland, Schweiz: ORF, ZDF, SRG, 1974-1979.

I. Liebe im Dorf. Erstsendung: 24. 10. 1976, ORF.
II. Der Kaiser am Lande. Erstsendung: 23. 10. 1977, ORF.
III. Das große Fest. Erstsendung: 30. 10. 1977, ORF.
IV. Die feindlichen Brüder. Erstsendung: 21. 12. 1978, ORF.
V. Der deutsche Frühling. Erstsendung: 4. 11. 1979, ORF.
VI. Ende und Anfang. Erstsendung: 1. 5. 1980, ORF.

Gemeinsam mit Wilhelm Pevny: Der Bauer und der Millionär. TV-Film. Drehbuch: Peter Turrini, Wilhelm Pevny. Regie: Axel Corti. Österreich, Deutschland: ORF, WDR, 1977.

Josef und Maria. TV-Film. Drehbuch (nach seinem gleichnamigen Theaterstück): Peter Turrini. Regie: Wilhelm Pevny. Österreich, Deutschland: ORF, ZDF, 1980.

Atemnot. Spielfilm. Drehbuch: Peter Turrini. Regie: Käthe Kratz. Österreich, 1984.

Gemeinsam mit Rudi Palla, Dieter Berner: Die Arbeitersaga. TV-Serie in vier Teilen. Drehbuch: Peter Turrini, Rudi Palla, Dieter Berner. Regie: Dieter Berner. Österreich, Deutschland: ORF, ZDF, 1984-1990.

I. Das Plakat. Erstsendung: 1. 5. 1990, ORF.
II. Die Verlockung. Erstsendung: 8. 4. 1989, ORF.
III. Müllomania. Erstsendung: 5. 10. 1988, ORF.
IV. Das Lachen der Maca Daracs. Erstsendung: Januar 1992, ORF.

Josef und Maria. TV-Film. Drehbuch (nach seinem gleichnamigen Theaterstück): Peter Turrini. Regie: Vera Loebner. Österreich, Deutschland: ORF, ZDF, 1991.

Hörspiele

Faust, dritter Teil. Vergleich und Würdigung. Ein Hörspiel. Regie: Götz Fritsch. Komponist: Ulrich Förster. ORF Niederösterreich, 16. 1. 1972.

Rozznjogd. Hörspiel. Regie: Bernhard Vischer von der Aue. ORF Kärnten, 8. 7. 1977.

Josef und Maria. Regie: Heinz von Cramer. ORF Wien, 24. 10. 1981.

Zwielicht, Mißbrauch, Anspielung. Nach einem Text von Peter Turrini. Musik: Gerhard Lampersberg. ORF, 14. 7. 1987.

Der tollste Tag. Hörspiel. Regie: Götz Fritsch. ORF Wien, 28. 1. 1989.

Die Minderleister. Hörspiel. Regie: Robert Matejka. RIAS/ORF Wien, 25. 10. 1989.

Oropax oder Friede den Ohren. Hörspiel. Regie: Walter Nowotny, Musik: Gerhard Lampersberg. ORF Kärnten, 10. 2. 1991.

Tod und Teufel. Hörspiel. Regie: Robert Matejka. RIAS/ORF Wien, 11. 8. 1992.

Grillparzer im Pornoladen. Hörspiel nach dem Stück »Love Boutique« von Willard Manus. Regie: Robert Matejka. ORF/HF, Die Hörspiel-Premiere, 8. 3. 1994.

Alpenglühen. Hörspiel. Regie: Ulrich Heisnig, Erzähler: Peter Turrini. ORF/HF, Die Hörspiel-Premiere, 27. 9. 1994.

Die Schlacht um Wien. Regie: Robert Matejka. DRB, 3. 3. 1996.

Millenium, ein Selbstmord. Originalhörspiel. Regie: Hermann Beil. ORF, 8. 7. 1997.

Tonträger

Gemeinsam mit Helmut Qualtinger (Sprecher), Uzi Förster (Ton-Collagen): Es ist ein gutes Land. Langspielplatte. Wien: Preiser Records 1973.

Peter Turrini liest Rozznjogd. Langspielplatte. Stuttgart: Intercord 1975.

Peter Turrini liest Gedichte. Langspielplatte. GIG Records 1985.

Gemeinsam mit Kirsten Dene. Im Namen der Liebe. Musik: Hansgeorg Koch. CD. ORF 1996.

Schenk und Turrini lesen Helmut Qualtinger. Für die Lesung eingerichtet von Otto Schenk und Peter Turrini, ausgewählt von Silke Hassler. CD. ORF 1996.

Rozznjogd, gelesen von Peter Turrini. CD: Thomas Sessler Verlagsedition Nr. 02/Kunst. Loesung/BMG Ariola Austria 1997.

Peter Turrini liest Alpenglühen. CD. ORF 1999.

Peter Turrini liest Peter Turrini: Die Verhaftung des Johann Nepomuk Nestroy. Waku word 2000.

Peter Turrini liest Peter Turrini: Ein paar Schritte zurück. Waku word 2000.

Textnachweise

Interview mit Henryk M. Broder, erschienen unter dem Titel »Ist Jörg Haider ein guter Schauspieler, Herr Turrini?« in Der Tagesspiegel, Berlin, 1. 3. 2000.

Interview mit Brigitte Warenski, erschienen unter dem Titel »Seelenarchäologie mit trägem Blick« in Tiroler Tageszeitung, 27./28. 1. 2001.

Silke Hassler, »Peter Turrini oder Die menschliche Tragödie als österreichische Komödie«, Erstabdruck des Vortrags, den die Autorin im Dezember 2000 im Setagaya Theater in Tokio gehalten hat.

Bildnachweise

»Drei junge ausländische Mädchen«, © Ullstein Bilderdienst.

»Bierflaschendeich«, Foto: Horst Ossinger, © dpa-Bilderdienst.

«Der fünfjährige Peter Turrini«, © Peter Turrini.

Wir danken Frau Silke Hassler M. A. für die freundliche Unterstützung bei der Zusammenstellung der Materialien.